Joachim Engel

Der Franke in Rente (der Sebber lacht trotzdem)

Die Geschichten sin frei erfunden. Ähnlichkeiten mit tatsächlichen Personen oder Ereignissen wären zufällig und nicht beabsichtigt.

Wie? Sie denken: Der lüücht doch!

Nee, ich lüüch net, wirklich net.

Obwohl, wenn ich so drüber nachdenk: Des würd jetzt Jeder behaupt, sowohl der Ehrliche als auch der Lüüchner würd sagen: Ich lüüch net. Der Lüüchner wär ja ke Lüüchner, wenn er jetzt sag würd: Also gut, ich gäbs zu, ich hab gelogen.

Was kammer also jetzt noch gläb?

Also gut, des war jetzt der philosophische Teil des Buches.

Versprochen, ehrlich, ich lüüch net.

Joachim Engel, geboren 1961 in Haßfurt,
aufgewachsen in Unterschleichach,
lebt in Schweinfurt

bisher veröffentlicht:

Kurzgeschichten in Mundart:

- Es hät fei schlimmer kum könn
- Das Leiden des fränkischen Sebber
- Der Franke gibt net auf

Romane in deutscher Sprache:

- Rossmarkt (Episodenroman)
- Die Seele ist ein leeres Fass (aus einem
  Polizistenleben)

© 2025 Joachim Engel
Verlag: BoD · Books on Demand GmbH,
Überseering 33, 22297 Hamburg, bod@bod.de
Druck: Libri Plureos GmbH,
Friedensallee 273, 22763 Hamburg

Texte: Joachim Engel

Umschlagbild: Florian Engel, mit Hilfe von KI

ISBN: 978-3-8192-9510-2

Joachim Engel

Der Franke in Rente

(der Sebber lacht trotzdem)

Ein Wort vorweg

Der Sebber ist eine frei geschaffene Persönlichkeit, die sich nicht anmaßt, als Franke schlechthin zu gelten, bzw. die Auffassung des Franken generell zu vertreten. So greift er auch umstrittene Gedanken auf, über die man durchaus geteilter Meinung sein kann.

Ziel ist es beim Leser ein nachdenkliches Schmunzeln zu hinterlassen.
Empfohlen werden deshalb ein bis zwei Geschichten vor dem Schlafengehen. Vor einer Überdosierung wird ausdrücklich gewarnt.

Inhaltsverzeichnis:

1. Letzter Einsatz

„Sebber, willst du heut überhaupt nochma Streife fahr? Weil es is ja dei letzter Dooch vor deiner lang verdienten Pensionierung. Könnerst a herin bleib. Net dass nuch was passieren däd."

„Ja wieso net? Wennst mich brauchst, bin ich da, bis zum End. Morng kannst mich dann mal kreuzweis..." Der Sebber grinst. Sei Dienstgruppenleiter ah.

„Naja, in der Friedhofstrass in Dingsbumms könnt ich euch gebrauch. Da hats Familienstress gähm und die Fraa is durchgedreht. Du wässt ja, dass des immer die unberechenbarsten Einsätz sinn. Fahrt halt mal vorsichtshalber mit hie."

Kurz drauf lässt sich der Sebber am Einsatzort vom Sachbearbeiter die Lage erklär:
„Die ham Streit khabt. Dabei is sie völlich ausgerastet, hat ihm des Gsicht zerkratzt und Haar rausgerissen. Jetzt hammer sa nausgschmissen und Haus- und Kontaktverbot erteilt. Mir packen grad noch a bor Sachen von ihr zam."

Der Kollech geht widder nein Haus und der Sebber bleibt näber der jungen Dame, die sich widder weng beruicht zum ham scheint, stenn.

Aus der Einsatzmeldung wäs er, dass des Mädle scho öfters mit der Polizei zu tun khabt hat und a scho öfter eigsperrt war.

8

„Wieso muss ich aus meim eichena Haus naus? Des khört doch mir, zudem sin des mei Kinner, die senn gor net vo demm."

„Des is uns grad egal. Wer sich aufführt wie a Wahnsinnicher, der fliecht naus, egal ob Mann oder Frau, Eichentümer oder Lebensgfährte. Gefahrenabwehr nennt mer sowas. Wer spinnt, der kummt fort..."

Die Dame guckt den Sebber unglaubwürdich an: „Was sin Sie denn für a Arschloch?!"

„Eins des Ihnen mal die Wahrheit sacht..."

Der Sebber grinst in sich nei. „Sie Arschloch" hat ah nuch kenner zu mir gsacht. Anscheinend hat sa ja doch Respekt vorm Alter.
Empfindliche Uniformträger hätten da jetzt sicher eigspannt und Anzeige erstattet. Net umsonst nimmt die Gewalt gecher Polizisten immer mehr zu. Beleidichung fällt da statistisch gsänn nämmlich mit nei.

Näh, ich finds fast witzich, mich so in den Ruhestand zu verabschieden. Mit „Sie" hat sie mei Alter und mich persönlich respektiert. Mit „Arschloch" hat sie eh blos mei Uniform und mei Amt gämeent....

2. Net zuständich

Der Sebber hat sich a schattigs Plätzla gsucht, unter ahm großen Sonnenschirm, bisle abseits vom Trubel.
Obber was hässt Trubel auf Ikaria, der griechischen Insel der Hunderjährigen, also der Insel wo tatsächlich die meisten Hundertjährigen lähm?

„Den ganzen Dooch blos am Strand, den Dooch genieß, abends dann gut äss und trink. Des Lehm kann soo schö sei, wemmer den Hergott an guten Moo sei lässt."

A älteres Ehepaar waren die einzichen sonstigen Urlauber am Strand heut. Obber die ham sich so laut angegift, dass es efach net zu überhören war und den Sebber tatsächlich bisle in seiner Ruhe gstört hat.

„Dann wärst du doch derhem gebliehm. Nörgelst ja eh blos den ganzen Dooch a mir rum. Und nachts schlaf lässt mich ah net, mit deim Gschnarch."

„Ach leck mich doch am A…" Wütend mecht der Herr kehrt und geht in Richtung Hotel davo.

Der Sebber schmunzelt unbemerkt.
Erinnerungen an seine aktive Polizeizeit wern wach. Beziehungsprobleme warn doch damals sei Spezialität, hat er gedacht.

„Was wohl aus denna worn is?", is dem Sebber nein Kopf kumma.

A junges Pärchen wars. Sie grad 18, er vielleicht 25. Ständich ham sa sich gstritten und immer gleich so, dass die Streife anrück musst. Mindestens ehmal im Monat. Insgsamt waren scho 10 Einsätz aktenkundich worn.

Ehmal is Sie so ausgerast, dass der Sebber sa am Arm zurückhalt musst, weil sa ihn die Augen auskratz wollt.

„Sie ham mich gschlagen!", hat sie gebrüllt und den Sebber angezeicht. Gut dass es damals scho die Kameras, also die Bodycam, gähm hat und sich die Beschuldigung ganz schnell in Luft aufgelöst hat.

Später is der Kerl dann mal zur Dienststelle komma, weil er a Bescheinigung für sein verlorenen Ausweis gebraucht hat.

„Mir ham uns getrennt. Des hat ken Wert mehr khabt."

„Des brauchen Sie mir net zu sagen. Des hat jeder Blinde gsänn. Eure Streiterein warn scho immer heftich. Ich hoff, dass jetzt wirklich Schluss is. Weil getrennt habt ihr euch ja immer für zwä Dooch. Jedesmal Anzeige erstattet und am nächsten Dooch widder zurückgenomma."

„Näh näh, desmal is wirklich rum, versprochen."

A Wochen später is der Sebber mit seim Kollegen zu ahm Familienstreit gschickt worn. Wie sa ausgstiegen und auf des Haus zugeloffen sin, war der Kerl vor der Tür gstanna und hat scho vo weitem gewunken.

„Ihr seid des? Ich gläbs net. Gell ihr wohnt jetzt da?"
Der Sebber is ungläubich in sicherer Entfernung steh
gebliehm.

Der Kerl hat aweng betreten geguckt. „Ja, die führt sich
widder auf. Ich komm efach net mit ihr klar."

Der Sebber hat sich mit dem Zeigefinger an Kopf
gelangt und durch die gschlossenen Lippen geblasen.

„Pfäh, ich gläb ihr spinnt. Macht euren Scheiß gfälligst
allee!"

„Wie? Kommen Sie jetzt net mit hoch?"

Der Sebber hat damals wortlos sein Kollegen gepackt
und is davo gfahren.

Ja, des is gottseidank lang her. Grinsend hat sich der
Sebber in seim Liegestuhl gedehnt und gstreckt, wie
der ältere Herr zurück kommt und wütend mit
erhobener Faust auf sei Fraa zustürmt.

Der Sebber hällt sich die Ohren zu und secht halblaut:
„Lasst mich in Ruh, ich bin nimmer zuständich, und auf
Ikaria scho dreimal net."

3. Am Rande der Gesellschaft

Wie jeden Tag steht der Sebber an der Bushaltestelle. Er hats net eilich nein Streifenwagen zu kommen, nimmts gelassen, dass sich Jung und Alt vordrängen und steicht als Letzter in Bus nei. Der Busfahrer erwidert dem Sebber sei „Morgen" net und is scho widder am losfahren, bevor der Sebber sich hiesetz kann. „Stoffel" denkt er, sucht sich halt und bleibt stenn.

Zielstrebich geht der Sebber dann den kurzen Wääch zur Dienststelle, holt sein Schlüssel aus der Hosentaschen und will die schwer Eingangstür aufsperr. „Wos is denn jetz los, des gibts doch gor net." Ungläubich guckt der Sebber abwechselnd sein Schlüssel und die Tür an. Obber so sehr er sich ah anstrengt, der Schlüssel passt net.

Drinna sin scho die ersten Kollechen beschäftigt, sitzen ah ihra Schreibtisch oder tragen ganz geschäftich schwera Akten durch die Gegend.

Der Sebber rüttelt an der Tür und wedelt ganz wild mit die Händ, obber kenner reagiert. Manchmal guckt ehner in seiner Richtung, verziecht obber ke Miena oder zeicht süst irgendwie a Reaktion.
Die Tür bleibt zu.

„Ja, leckt mer doch am Orsch. Macht doch euern Scheiß allee." Endnervt geht der Sebber langsam davo in Richtung Innenstadt. „Nacherd mach ich mir halt an schöna Dooch." Beim Weggehen dreht er sich noch paarmal um und guckt zurück, obber hinter ihm reecht sich nix.

In der Stadt geht er langsam übern Marktplatz und überleecht, was er mit dem freien Dooch anfang könnert, so ganz allee. Das kenner für na Zeit hat wird schnell klar, wie er den erschten Bekannten mit „Hey servus!" scho vo weitem grüßt, der aber hastig und ohne Antwort an ihm vorbeirennt.

Nachdem die Gschäfte noch alla zu ham und der Sebber sein Bürokaffee gewöhnt is, geht er beim nächsten Bäcker nei, wird dort gegrüßt und bedient, wie alla annern Anwesenden ah, käfft sich an Kaputschino mit am Hörnla und setzt sich an an freien Tisch zwischer lauter alta Leut.

„Oje, wu bin ich denn da hiegeraten. Die Alten ham vielleicht Probleme. Die näber mir reden scho a viertel Stund über die Spritpreise, wieviel der Diesel heut teurer und wo er vielleicht möglicherweis an Cent billicher is. Die hinter mir schenden über des Fernsehprogramm vo gestern abend. Mein Gott. Nacherd sölln sa halt die Kisten ausmach, wenn sa sich blos aufreechen. Ich muss da naus." denkt sich der Sebber und steht auf.

„Lasst mer blos mei Ruh." secht er leis, wie er langsam in der Spitalstraße auf an Informationsstand vo Green-Peace zuläuft und sieht, wie die jungen Leut im Strickpullover jeden Passanten ansprechen.

Wundern tut er sich dann obber doch, wie er unbehellicht an dena vorbeilauf kann.

In der Bank steht er dann ungewöhnlich lang unbeachtet am Schalter, bis er dem jungen Ding erklär kann, dass er gern mal a Beratung wäächer ahner Geldanlage und ah wäächer seiner Lebensversicherung hab tät.

Die guckt na vo ohm bis unten an und secht dann, dass er dafür an Termin bräuchert, zöchert bisle und behauptet, dass die nächsten vier Wochen kenner mehr frei wär.

Als er kurz drauf im Sportgschäft a neue Joggingmontur und a bor Renndabben, äh Laufschuhe, käff will, kümmert sich vom Personal ke Sau um unnern Sebber. Alla sin mit jüngere Kunden beschäftigt.

Entnervt, ausgegrenzt, am Rande der Gesellschaft stehend, steicht der Sebber schließlich widder nei sein Bus und fährt hem.

Im Haus is alles ruhich. Frau Sebber is offensichtlich auf der Ärbert. Aufm Esstisch licht a Zettel:

Schatzi, damit dir net langweilig ist, bitte:
Staubsaugen,
Mülleimer leeren
Betten abziehen
Einkaufszettel siehe Rückseite
Ich freu mich auf ein gutes Abendessen.
dein Spatzl

Dem Sebber fällts wie Schuppen von den Augen, wie er seinen Lebensinhalt auf dem Zettel sicht. Entsetzt und sprachlos setzt er sich und es fällt ihm wie Schuppen vo die Augen.

„Scheiße, ich bin ja in Rente....“

4. Ken interssierts

Die Aachen gen vorsichtich auf. Die erschten Sonnenstrahlen fallen nein Zimmer. Langsam bewecht der Sebber den Unterkiefer, den Kopf, ärbert sich über den Hals zu die Schultern vor. Der Rücken bleibt steif, obber die Bee bewechen sich bisle.

Ke Zweifel: Er läbt nuch."

Wos a Glück, denkt er sich. Freilich denkt er sich des spasshalber jeden Dooch, obber heut besonders. Heut is alles bisle annersch. Der Hals kratzt weng. Rücken, Hüften und Oberschenkel schmerzen. Der Sebber merkt sofort: Die genannten Körperteile ham heut ke Lust.

Mit am ächzenden lauten „Ach du Scheiße!" rollt sich der Sebber seitlich ausm Bett und fängt sich grad nuch mit dem rechten Arm, der nuch zu funktionieren scheint, am Boden ab.

Mühsam mit am lauten Stöhnen kommt er hoch und mit wirrem Haar und ohne Socken schlurft er langsam in Richtung Küchen. Die Kaffeemaschien ignoriert er. Näh, heut müssen härtere Sachen her. Vielleicht a Kamillentee mit Honich drin. Vielleicht ganzergor a Medizin, a Aspirin, a Abuprofeen, an Sinupred, odder am Besten a ACC 600.

Wie er endlich am Küchentisch sitzt, fängt wenichstens des Hirn langsam des Ärberten an.

„Was muss ich jetzt mach? Wen ruf ich denn an? Zu welchem Doktor geh ich denn etzert?"
Als er nei sein Terminplan guckt, wird ihm die volle Tragweite des Geschehens bewusst: Er hat die nächsten zwää Wochen ke Termine eingetragen. Wenn vorher net nuch a Beerdichung zwischen nei kummt, is er abkömmlich.
Sei Gehirn secht ihm ah, dass er wächer ahner Erkältung nuch lang net im sterm licht. Er muss also gor nix mach. Er muss ah net zum Doktor, weil er ka Attest braucht.

Mit voller Wucht wird ihm die Trostlosigkeit seiner Lage bewusst. Er muss ah niemand anruf, weils nämlich kenn interessiert. Kolleechen hat er nemmer. Chefs gottseidank ah net. Sei Mutter,die wu immer um na besorcht war, hat sich ah scho lang für immer verabschied khabt...

So muss es sei, wemmer gstorm is, denkt er sich, steht auf und geht widder nei seim Bett.

5. P a u s e

„Fraa, ich hab Staub gsaucht, Staub gewischt, die Rollos abgewaschen und die Strass gekehrt, die Wäsch gebügelt, a Bier getrunken und Brotzeit gemacht."

„Bist ein Schatz, Sebber."

„Jetzt tät ich gern aweng aufm Sofa ausruh, also mein Rentnermittagsschlaf halt. Is des in Ordnung, Schatziii?"

„Ja, Sebber, mach des. Des is scho in Ordnung."

Der Sebber geht in Richtung Sofa und grumelt nei sein Bart:

„Was war des Lähm als Beamter doch so schö."

6. Es wird schlimmer

Der Tag war anstrengend. Viele Kunden, viele Interessenten für a neues Fahrrad. Nette Kunden, unkomplizierte Kunden, anstrengende Kunden, nervige Kunden, alle ham ordentlich bedient wehr gewöllt.
Der Sebber hat sich den Mund fusslich gered, in seim neuen Mini-Job als Fahrradverkäufer. Schließlich hat er sei Hobby zur Nebentätigkeit gemacht. Zudem war er a Menschenfreund und wollt alla glücklich und zufrieden mach.
Kurz vor Feierabend war a die letzte Kundin auf ahm passenden Fahrrad khockt. Net unsympathisch, obber ah net ganz ehfach: „Des gfällt mer net, die Farb mooch ich net, die Reifen, den Lenker will ich net, den Motor auf gor ken Fall net…"

Schließlich war der Sebber vorm Gschäft gstanden und hat in den abendlichen Himmel geguckt, während die Fraa mit vorsichticher Zufriedenheit: „Des tät möglichweise eventuell passen.." die dritte Proberunden gedreht hat.
Der Sebber hat den Tag vor sich selber Revue passier lass, dabei gedacht, dass er sich erscht in dem neuen Job einarbeit muss, und nachdenklich halblaut zu sich selber gsacht: „Puh, es is net eefach."

Der Ehemann war näber ihm gstanden, hat ebenfalls in den abendlichen Himmel geguckt, möglicherweis an was ganz anderes gedacht und gsocht:
„Ja wirklich, und sie werd immer schlimmer….."

7. Wenn's der Hund net mooch

„Schatzii, was is eigentlich mit dem Rinderfilet im Kühlschrank?"

„Des is fürn Hund. Obber wenn er's net mooch, kannst es hab."

„Des hast jetzt obber net ernst gemeent."

Frau Sebber guckt unschuldich. „Doch, wieso net?"

„Aha, und woran erkenn ich des, dass es der Hund net mooch? Wenn er's mitm Orsch net aguckt, odder wenn er dra rumschnubbert, vielleicht leckt und es dann liech lässt, odder erscht wenn er's widder rauswürcht, also kotzt? So wie ich gleich .."

„Ach Schatzii, du bist obber ah empfindlich worn, seid du derhem bist. Sei doch net so. Der arm Hund ist doch ah blos a Mensch."

8. Verkaufsgespräch

„Grüß Gott, schön, dass Sie da sind. Was kann ich für Sie tun?" Der Sebber bemüht sich in seim neuen Mini-Job hochdeutsch zu reden.

„Ja, wir möchten a E-Bike. Also mein Mann will ehns. Ich net."
Sebber guckt blöd.
„Ja, weil ich will ja den Motorradführerschein mach."

Sebber guckt gscheit.
„Aha, also soo mecht des ken Sinn. Ich hoffe, Sie ham an guten Scheidungsanwalt."

Alla drei grinsen.
Der Sebber red nemmer viel. Schließlich is er ke Partnervermittlung und ke Eheberater scho gor net.

A halba Stund später gehen beide mit zwei teuren E-Bikes und glückliche Gsichter ausm Laden.

Na sixt, denkt sich der Sebber. Jetzt hamsa an haufen Geld gspart....

9. Haifischbecken

Der Sebber zieht gleichmäßig seine Bahnen. Des Wasser steht ihm widder mal bis zum Hals. Obber im Silvana Schwimmerbecken is des ja nix Besonderes.

Des Becken is in drei Bereiche eigeteilt, streng durch Plastikketten getrennt. Links die Hochleistungssportler. Mer sicht blos Schwimmbrillen, muskulöse Arm und Schultern.

In der Mitten, da soll er nei geh, hat sei Freund gsacht, sin die Anhänger der stressfreien Bewegung, gemütlich, immer die Nasen nach oben gereckt, Ausschau ghalten, ob net a schöns Fischla sich im Becken tummel tät und jederzeit bereit, die Freizeitaktivität für an kurzen Plausch zu unterbrechen.

Nein rechten Becken, hat sei Freund gsacht, darfmer blos, wemmer die 80 scho überschritten hat und vom Leben im Allgemeinen und vo Hochleistungssportler im Besonderen nix mehr gstört wer will.

Fast a bisla eintönich wars fürn Sebber,.Bahn um Bahn in streng vorgegebener Richtung und deutscher Ordnung, schwimmt er die Ketten entlang, die ihm von der Seniorengruft trennt.

Zwää altere Damen rudern in besagtem Becken, also auf der annern Seiten vo der Plastikketten, langsam am Sebber vorbei.

„Die hat doch recht. Wenn mei Anton mal nemmer is mach ich des ah so….."

Ruhig schwimmt der Sebber weiter. Auf eh mal wacht er auf aus seiner Lethargie.

„Was hat die gsacht? Wenn der Anton mal nemmer is… Wer is der Anton? A Hund vielleicht? Die werd doch net vo ihrm Mann gered ham. Is des vielleicht a Fall, wie na der Pelzig neulich im Fernsehen erzählt hat? Mer secht in jungen Jahren leichtfertich: Bis dass der Tod uns scheidet. Und dann hat mer Pech und der Tod tritt net rechtzeitig ein. Was mecht mer dann?"

Der Sebber schwimmt weiter. Unbewusst sucht er jetzt häufiger die Nähe vom Seniorenbecken. Die Sportler nehmen ihn ja eh net wahr und in seiner Bahn is auch gähnende Langeweile. Vielleicht gibts ja nebenan wenigstens bisle Unterhaltung.

Tatsächlich schwimmen drüben 10 Minuten später zwä Männer mit gleichem Tempo in gleicher Richtung. Interessiert spitzt der Sebber die Ohren.

„Ach, die Lisbeth reecht mich auf. Den ganzen Dooch hat sa zu nögeln. Lang mach ich des nix mehr mit."

Des scheint für sein Kumpel nix Besonderes zu sei.

„Ja, jung müssert mer numal sei. So a 20-järiche, des wärs widder mal, gell Anton…."

Ohne Regung schwimmen alle drei weiter.

Der Sebber taucht kurz unter und grinst unbemerkt.

„Sagradie, des is ja a richtiges Haifischbecken, da drüben. Fehlen blos noch die Auftragskiller, die wu mit dunkle Sonnenbrillen draußen sitzen und auf ihre Aufträäch warten däden.

Schließlich geht der Sebber dann doch ausm Wasser. So ah Rentner hats halt a net eefach. Kochen, waschen und bügeln warten derhem. A strenger Zeitplan is da unerlässlich. Obber er kummt widder. Er will ja schließlich nuch an dicken Roman schreib.

So sicht mer den Sebber jetzt täglich im Silvana. Unermütlich schwimmt er die nächsten Wochen zwischer alten Knochen und mit jungen Gedanken, zwischer verwelkten Körper mit blühender Phantasie im Seniorenbecken.

Und ihr werds net glauben. Sei Jahrhundertroman wird fertich. Und ehns könnt ihr euch merk. „Krieg und Frieden" war nix dageecher.

10. Letzte Fahrt

Ziemlich ferdich fährt der Sebber am Mee entlang zu Schweinfurt nei. 80 Kilometer Rennrad gehn halt an soam alten Kerl net spurlos vorbei.
Nach der Mälzerei kummt dann des steilste Stück nauf Richtung Deutschhof. Gut dass der Sebber und der Akku vo seim Rennrad nuch letzte Reserven übrich ham.

Dann gehts widder flott am Krankenhaus vorbei. An den Anblick vo sterbeds Kranke vorm Eingang hat sich der Sebber scho lang gewöhnt. Stark bandagierte, ganz in weiß gewickelte Leut sitzen jämmerlich nach vorne gsunken. Fahle Gsichter, die wu ihren Tropf hintennach ziehen, sicht er. Röchelndes Husten hört er, vo ausgemergelte Gstalten, die wu ihr Atemgerät hochschieben und an verzweifelten Zuch an ihrer vielleicht letzten Zigaretten nämma.
„Des sicht ja aus, wie des Vorzimmer zum…. Oje, blos net dra denk." denkt er sich.

Schnell fährt der Sebber weiter. Ken Kilometer später fährt a Auto kurz vorm Sebber rückwärts übern Radwääch. Es is der Bestatter „lass mir meine Ruhe" der wu da zum Lieferanteneingang vom Altenheim fährt. Des is jetzt net lustich, denkt sich der Sebber.

Ihm werd mulmich zu mut. Er werd doch noch hemkumma.
Die Bee wölln nimmer so richtich. Der Sebber mobilisiert letzte Muskeln und fährt weiter, ignoriert kurz

drauf des Hinweisschild „Friedhof", des nach rechts zeicht und schaffts tatsächlich mit letzter Kraft noch bis hem.

Schnell des Fahrrad nei die Garage gstellt. Der Sebber knallt die Haustür zu und lehnt sich schweißgebadet vo innen dergecher. So als hätter fast Angst, dass na der Sensenmann doch noch erwisch tät.

Näh, ens steht fest. Ausm Haus geht der alternde Sebber nimmer. Des is viel zu gefährlich.

11. Karriere

„Sebber, du warst doch 45 Jahr Polizist! Hast denn da Karriere gemacht?"

Nachdenkliches Schweigen.

„Näh, ich hab da vielleicht net den nötichen Charakter dazu ghabt."

Nachdenkliches Schweigen.

„Soo, was wären des denn nachert für Charakterzüüch, die wo dir da fehl däden?"

Nachdenkliches Schweigen.

„Ich wääs net genau. Obber Adolf Hitler zum Beispiel hat Karriere gemacht...."

Anmerkung: Bei ausschließlich karriereorientiertenPersonen fragt sich der Sebber oft: Welche Rolle hättest du wohl im 3.Reich übernommen! Dem Unwort Karriere beizukommen wird hier mit einer Art Humor versucht, die möglicherweise eventuell vielleicht einem Woody Allen zur Ehre gereichen würde...

12. Ich mag meine Mitmenschen nicht (Teil 1)

Ich ertrag meine Mitmenschen nemmer.
Vielleicht söllert ich ken Fernseh mehr guck.
Drogenkartelle in Mexiko kommen im Konvoi mit Gewehren in Bergdörfer.
„Wo ist deine Tochter? Gib sie uns. Oder soll ich dich abknallen?"Dabei hält er einer Frau eine Pistole an die Schläfe.
Später fliecht a Helicopter übers Dorf und versprüht Gift. Menschen retten sich. Tiere verrecken. Das letzte bisle Hoffnung verreckt.
Ich verstehs net. Wie können Menschen so sein? Was mag in einem Kopf vorgehen, während er secht: „Gib mir deine Tochter. Oder soll ich dich abknallen?"

Das Böse ist bislang weit weg von mir. Gut, in Schweinfurt ist es net ganz so schlimm. Da hat fast jeder genuch zu essen und a warmes Bett. Schweinfurt is eine Oase des unbeschwerten Lebens. So wie Deutschland. So wie Europa. Für die meisten.
Aber was, wenn sich das ändert? Wenn widder Uniform schlechten Menschen Macht über andere gewährt.

Überall auf der Welt is Uniform und Macht das Ende der Menschlichkeit.
Afrika, ISS, Südamerika, Militärdiktaturen, China, Russland, überall wern Andersdenkende umgebracht.
Uniform gibt dem geistig Schwächeren die Macht.
Ich mag meine Mitmenschen nicht. Überall sin se gleich, würden sie gleich sein, wenn sie könnten, wenn

sie Uniform oder einfach nur Gewehre und Macht hätten.
Ich mag meine Mitmenschen nicht.
Ich trau keinem.

Krieg auch gerade net die Kurve zum Positivdenken, die mir sonst so leicht fällt.
Ich mag meine Mitmenschen nicht. Auf jeden Fall nicht die mit Uniform oder Gewehren, nicht die mit Macht über andere.

Ab morgen such ich blos noch die Anderen. Wenns sein muss in Schweinfurt.
(ohne Schmunzler bring ich keine Geschichte zum Abschluss)

13. Ich mag meine Mitmenschen nicht (Teil 2)

Der Sebber streckt die Bee weit von sich, lehnt sich zurück und verschränkt die Arm hinterm Kopf.
„So kammers aushalt", denkt er sich, „so als Rentner. Es könnert echt schlimmer sei." Zufrieden guckt er sich des Karwendelgerbirch um ihn rum an und nimmt an großen Schluck vo seim Bier.

„Wenn der Kerl am Nähmtisch endlich mal den Mund halt würd, wär alles gut. Der schreit so laut, dassd es unten in Mittenwald nuch hörst. Und dann nuch der krächzige Dialekt. Fürchterlich."
Der Sebber hält sich des rechte Ohr zu. Er mechts auffällich mitm gstreckten Zeigefinger. Des Schreien am Nebentisch hört obber net auf.
„Wie hält des die Fraa blos aus?" denkt sich der Sebber.

A viertel Stund später is er sichtlich genervt. Schweiß is auf seiner Stirn. Der Kopf hochrot.
„Gleich geh ich nüber und hau na bor aufs Maul. Naja, da vorn ham welche bezahlt. Dann kann ich mich ja da hie setz, dann bin ich a ganz Stück weg vo dem Drottel."

An dem vom Sebber sehnsüchtig beobachteten Tisch steckt die Fraa ihr Wechselgeld nei die Taschen. Der Moo steht auf und geht in Richtung Wirtshaus, offensichtlich muss er numa was los wer, bevors weitergeht.
Die Fraa höckt da und rührt sich net.

Der Sebber hält sich immer nuch des Ohr zu.

Der Moo kummt a gefühlte Ewigkeit später widder zum Tisch, guckt aweng unschlüssich, setzt schließlich sein Hut auf und secht irgendwas.

Die Fraa höckt da und rührt sich net.

Der Moo zieht sein Westen a und setzt sein Rucksack auf.

Da Fraa guckt und steht tatsächlich langsam auf. Sie dreht ihrn Moo um und verzurrt umständlich sein Rucksack.

Dann nimmt sa ihrn Rucksack und überleecht. Sie setzt na auf, nimmt na obber gleich widder ab, mecht na auf und sucht was. Schließlich bringt sa ihren Geldbeutel zum Vorschein, nimmt des Wechselgeld aus der Hosentaschen, tuts nein Geldbeutel und den widder nein Rucksack. Grad will sa ihren Rucksack widder aufsetz, als der Moo ihr die Jacken hielangt. Sie stellt den Rucksack ab, zieht ihr Jacken an und setzt den Rucksack auf.

„Gleich geh ich nüber und helfera!", denkt sich der Sebber und hält sich immer nuch des rechte Ohr zu.

Die Fraa verschließt ihrn Hüft- und ah den Brustgurt. Der Moo nimmt die Hundeleine. Der Hund steht auf. Der Moo bückt sich und hebt den Hundenapf auf. Er zeicht na seiner Fraa. Alla zwä gucken sich ratlos an.

Schließlich mecht sie ihre Gurte auf und setzt ihrn Rucksack ab. Sie mecht na auf. Der Hundenapf fällt laut scheppernd aufm Boden.

Die Zwää gucken sich hilflos an.

Der Nachbar schreit immer nuch. Sei Begleiterin secht nix, nickt ihm sogar immer aufmunternd zu.

Der Sebber is kurz vorm Durchdrehen. Er hat mittlerweile Mordgedanken.

„Ich geh jetzt und schmeiß den Scheihals den Berch nunter. Dann freech ich die Fraa, wie sie ihrn Haushalt derhem überhaupt schafft und ob ich ihr vielleicht helf soll. Weil die is ja offensichtlich zu nix zu gebrauchen."

Die Fraa knört den Napf nein Rucksack. Der Moo hilft beim Zumachen. Sie setzt ihrn Rucksack auf, sucht die Schnallen vo die Gurte und schaffts dann tatsächlich die zuzumachen.

Jetzt sichts so aus, als ob alles gepackt wär. Die Zwä zögern und gucken nuchmal hilflos rundum, ob net nuchwas zu machen wär. Fast a halbe Stund nachdem sa bezahlt hat gehen sa langsam davo.

Obsa jemals derhem ankomma sen wiss mer net. Mir ham uns mehr Sorgen um den Sebber gemacht.

Der is mittlerweile taub gwesen und reif für a Therapie beim Psychiater.

14. Gnadenfrist

Der Sebber mecht die Tür zu, geht nein Wohnzimmer und setzt sich nachdenklich nei sein Sessel.

„Zehn Minuten hab ich nuch, dann is es also soweit, dann is es rum. Er hat gsacht, dass er pünktlich um Zwölfa kummt." Der Sebber überlecht, ob er sich nuch a Bier aufmach söll.

„Ach nä, die wärn scho was zu trinken ham, da ohm, odder da unten, was wääs denn ich, wu es nacherd hiegeht."

Dem Sebber überkommt a leichter Schauder.

„Des Leben war schö, obber ah anstrengend, vor allen Dingen am Schluss, wie sich der Körper immer mehr verabschiedet hat. Die Hüften, des Kreuz und natürlich die Füß ham am End scho gscheit weh getan. Jeder Schritt is zur Qual worn. Ke Wunner. Möchert mal wiss, wie oft ich zu Fuß den Erdball umrundet hab", denkt sich der Sebber, „also vo die Kilometer her, mehn ich."

Heut hat er noch bisle was erledicht. Abschiedsbriefe gschriem, Rechnungen bezahlt, aufgeräumt, Müll nausgedroong und die Wohnung nuch so saubergemacht, dass, wer immer ah morng kummt, net die Händ übern Kopf zamschlächt tät, wächer eventueller Unordnung.

„Wu bleibt denn der? Der wollt doch pünktlich sei. Net amal aufm Tod kannst dich verlass. Ich glääb, ich muss doch nuch was trink. Vielleicht gehts dann leichter."

Der Sebber steht auf, schenkt sich an Schnaps ei, kippt na nunter und verziecht des Gsicht.

„A Schoppen wär vielleicht doch besser gewässt. Gibt halt nix über an Silvaner. Wer wääs, was die da ohm zu saufen ham. Odder da unten, je nachdem."

Der Sebber nimmt gelangweilt sei Handy und guckt Bilder durch.

„Ja, des hat scho alles gepasst, so im Nachhinein, unterm Strich. Klar hat mer ah Fehler gemacht, obber wer mecht die net. Mer is ja schließlich net perfekt. Den Ein oder Anderen hat mer vielleicht unnötich verärchert. Den Ein oder Anderen vielleicht net genuch verärchert, hat sich zu viel biet lass. Müüsich, da drüber jetzt numa zu grübeln. Mensch wu bleibt denn der? Jetzt is scho viertel nach."

Der Sebber steht auf und schenkt sich nuch an Schnaps ei. Wie er zurück zum Sessel schwankt, sieht er an Brief auf der Kommoden liechen.

„Mensch Sebber wo warst denn? Zwölfa war doch ausgemacht. Ich kumm nächstes Jahr numa. Obber dann kummst mer nemmer aus, du Fregger.

gez. der Tod

P.S. Und stell dei Uhr um, die steht nuch auf Winterzeit...."

15. Statistisch gsänn

Der Sebber sitzt nachdenklich vor der Zeitung. Er liest: Wieviel Freunde hat der Durchschnittsdeutsche?
„Aha", denkt er sich. Wer is des eigentlich, der Durchschnittsdeutsche?? Kenn ich den?
„Freunde? Hab ich welche? Wenn ja, warum hock ich dann so allee da?"

Der Sebber denkt nach. Damals, wie er jung war, nach der Schul und in der Ausbildung, also da hat er ganz viele Freunde ghabt. Die Statistik, liest er in der Zeitung, spricht vo durchschnittlich 5 Stück.

Dann hamsa alle ihre Mädli kennengelernt. Also sin bekannt mit ihnen worn. Weil kennenlern tut mer sich ja erscht nach der Scheidung, hat mal a bedeutender Philosoph gsocht. Ich gläb, es war der Pelzig, odder so a Ähnlicher.

Auf jeden Fall ham die Mädli gleich mal zwä Freunde aussortiert. Obber natürlich net wäächer die Freunde, als vielmehr wäächer denna ihre Mädli. „Mit dera blöden Kuh will ich nix zu tun hab.." oder ähnlich war die Aussage.

Mit statistische 3 Freund wär ja ah nuch alles in Ordnung gewässt. Immerhin gengert a Schafkopf nuch zam. Obber dann sin die Kinner kumma. Was war des manchmal für a Gschrei im Kinnerzimmer, wemmer sich gegenseitich besucht hat, in Ruh anstoß wollt und die Bankerten sich nebenan die Haar ausgerissen ham.

Ganz schnell warn aufm Schlooch blos noch zwä Freund übrich, statistisch gsänn.

Später dann, die Kinner hams verlangt, hat mer sich an Hund zugeleecht. Ihr gläbt gor net, wie garschtich die Köder aufernanner sei könna. Widder waren 1,5 Freunde weg, statistisch gsänn.

Statistik hin oder her. Was will mer jetzt mit 0,5 Freunde noch anfang? Schaftkopf kart? Wander? Bier trink? Des wärn trauriche Veranstaltungen. Des kann ich dir sooch, mein lieber halber Freund.....

16. Gegensätzliche Welt

Wie der Sebber ausm Fenster guckt, sieht er grad die Nachbarin erschöpft vo der Ärbert hem kumma. Gebückt schleppt sie sich zur Haustür.

Der Sebber sichts nemmer so deutlich. Er hat scho Brotzeit gemacht. Frau Sebber will abends nämmer so spät ke unnötiche Kalorien mehr zu sich nämm. Also hat mer heut scho zeitich zu Abend gessen. Der Sebber hat scho a Seidla getrunken. Und weil er sich beim Abendessen widder mal in Rage über die Welt da draußen gered hat, hat er a scho zwää Schoppen ghabt

Später is er , zeitich nei sein Bett. Den Tatort hat er grad noch so im Halbschlaf erläbbt.
Wie er um halber Elfa des erschta Mal aufs Klo gemüsst hat is die Nachbarin aufgschnakselt ausm Haus und hat den nächsten Bus in Richtung Disco genumma.

Am nächsten Tag war der Sebber beim Hautarzt auf der Pritschen geläächen.
„Mit Laser is des ke Problem", hat der Doktor gsocht und schnell a bor altersbedingte Unebenheiten aufm Sebber seiner Haut entfernt.

Was der Sebber net gewisst hat: Auf der annern Seiten vo der Trennwand war sei Nachbarin gelächen.
„Mit Läser is des ke Problem", hat der Doktor gsocht und schnell a bor Tatoos entfernt. Der Name vom Ex mitsamt dem Kennenlerndatum hat sich erledicht ghabt.

Im gleichen Bus sin se dann hemgfahren, der Sebber und sei Nachbarin, zam zwar, aber jeder in seiner eigenen Welt.

Und außer Laserbehandlungen waren da, möglicherweise ,wenich Gemeinsamkeiten.

17. Wer is der Kerl

Vorsichtich öffnet der Sebber langsam die Augen. Erstes Licht kommt durch die Rollo-Ritzen nein Zimmer. Gewohnte Umgebung, neber ihm gleichmäßiges Atmen. Gottseidank. Er lebt noch.

Sportlich rollt er sich auf die Seiten und springt ausm Bett.
Im Bad vor dem unnötich großen Spiegelschrank bleibt er wie angewurzelt steh. Er verzieht des Gesicht, mecht hässliche Grimassen, verschiebt die Mundwinkel vo rechts nach links und umgekehrt. Er ziecht die Augenbrauen hoch.

„Scheiße, wer is denn der alte hässliche Kerl da?"

In dem Moment legen sich weiche Arm um seine Schultern. Verschlafene Augen zwinkern ihm im Spiegel zu.
„Des is meiner!"

18. So geht's net weiter

„So geht's net weiter Sebber. Die vielen Kalorien jeden Abend. Immer des gute Essen und des lange Sitzen. Und den Alkohol müssert mer ah weng reduzier.
Was hälst davo, wemmer früher essen, also so um Viera rum wär doch ideal. Es hässt doch immer, mer soll abends nemmer so viel zu sich nämm."

Der Sebber zieht sei Hend zurück, die wu scho nach dem Weinglas greif wollt. Ja, vielleicht hat se recht. So schö wie's is, des gute Essen genießen, des Plaudern, den guten Tropfen im Glas.

Also gut: Die nächsten Tage werds annersch gemacht. Sie nach der Ärbert, er nachm Rentnermittagsschlaf, pünktlich um Viera war des Essen aufm Tisch gstanna.

Beim Essen kummt ke große Stimmung auf. Schließlich steht Frau Sebber auf:
„Ich geh dann nuch nein Garten, da wächst alles wie der Deifel, wennst nix mexst."
Der Sebber guckt gelangweilt.
„Ja, ich bleib halt nu weng sitz. Is ja süst alles gemacht."

Es is halber Fünfa.

Der Sebber steht auf, geht zum Kühlschrank und schenkt sich an Schoppen ei.

Frau Sebber guckt zur Tür rei: „Was is jetzt? Trinkst du immer allee?"

Also gut, der Sebber schenkt seiner besten Ehefrau a nuch Ens ei und setzt sich widder hie, genaus so wie die besste Ehefrau. Frau Sebber erzählt vo der Ärbert, er vo die Nachbarn und schnell sin die Gläser leer. Weil obber die Nachbarn und die Ärbert nuch net ganz abgehandelt warn, schenkt der Sebber halt dann doch numa nach. Um Sechsa.

„Ich muss jetzt aufsteh, süst hat des kenn Sinn mehr". Frau Sebber steht tatsächlich auf.

Der Sebber bleibt allee zurück und schenkt sich nach. Er guckt a zeitlang ins Leere, denkt über den Sinn des Lebens nach und kummt zu dem Ergebnis, dass des Leben, wenn der angenehme Teil scho bisle früher anfängt, a net schlecht is. Um siehma schenkt er sich den Rest vo der Flaschen ei, steht auf und geht nein Garten. Wie er dort sei Fraa vergähms sucht, geht er widder nein Haus und sucht se. Nachdem er die beste Ehefrau von allen nirgends find mecht er vorsichtich die Schlafzimmertür auf.

„So a Arbeitstag is scho a verflucht harte Sach. Da kannst du als Rentner gor nemmer mitred." Der Sebber grinst und mecht vorsichtich die Schlafzimmertür widder zu.

Was willmer lang rumred: Nach zwää Wochen ham die Sebbern ihren Tagesablauf widder umgstellt ghabt. Abendessen möglichst spät, auf ken Fall vor Achta. Weil danach war eh Feierabend, in jeder Beziehung.

19. Wenn's rum is

Der Sebber sitzt vor kahle Wänd, weis, alles steril. Die Tür is zu. Er is allee.
Sei Händ sin bisle schweißig.
Die Ärztin lässt auf sich wart.

Aufm Schreibtisch vor ihm licht a Zettel, dem Sebber sei Zettel, dem Sebber sei Befund.
Nach fünf Minuten is die Spannung unterträglich. Der Sebber steht auf und geht langsam um den Schreibtisch.
Vo Karzinome liest er, vo Malignome, Latein, viel Latein liest er. Der Sebber versteht ke Latein.
Er geht wieder zu seim Stuhl, holt tief Luft und setzt sich.

Es gibt ken Zweifel. Seine Tage sind gezählt. Der Befund is gscheit negativ. Er hat nimmer lang zu Lähm.
Was wird die Ärztin gleich erzählen?

„Jetzt is es also so weit. Es is bald rum...
Na und? Des hab ich doch immer gewisst, dass es ganz schnell vorbei sei kann. Hab ja auch immer gsacht, dass ich dann ken Aufstand machen werd.
Des mach ich auch net.
Is auch völlich ohne Bedeutung: Ob mer jetzt 10 Jahr früher oder später abtritt. Wen interessierts denn?
Die Welt wird sich weiterdrehen. Weiß gar net, warum mir uns immer so abtun und aufregen. Is doch eh alles unwichtich. Jeden Tag sterben vielleicht Millionen.

Arme, Reiche, Gsunde, Kranke. Ändert sich da irgendwas?

Näh, ich werd mich net an des bisle Leben klammern. Werd ka Chemo machen, werd net alle Wochen beim Arzt hocken und Angst vor dem ham was er secht.

Näh, des Gejammer, vo so viel Annere, die wu ihr End net akzeptier wollen und um jeden Tag betteln, ah wenn sa längst menschenunwürdig leben, näh, des Gejammer wirds bei mir net gähm.

Wenns rum is, is rum. Ich hab mei Lähm geläbt. Mei Beerdigung hab ich eh scho geplant, mir die Musik scho ausgsucht. Des wird gut. Freu mich scho fast drauf.

Mir doch wurscht, wos die mir gleich erzählt."

Die Tür geht auf. Die Ärztin im langen weißen Kittel kummt rei, wirft an kurzen Blick auf den Befund, setzt sich hie und guckt den Sebber tief nei die Augen.

„Da ham sie oober nomal gscheit Glück ghabt. Die Untersuchung war negativ. Sie sin kerngsund."

Der Sebber kriecht große Augen, leecht die Stirn in Falten.

„Scheiße", denkt er sich, „auf nix kannst dich mehr verlass." Dann schnauft er tief durch und grinst.

…

20. Hängt na höher

Nachdenklich lenkt der Sebber sei Rennrad durch den nördlichen Landkreis. Wahlplakate sorng in den Ortschaften für Abwechslung. Bekannte und unbekannte, große und net ganz so große Gsichter verfolgen den Sebber, wie er flott dran vorbeifährt, gucken na immer direkt nein Gsicht, egal aus welcher Richtung er kummt.

„Manche gucken scho gscheid blöd, auf denna Bilder.", denkt er sich. „Is vielleicht a net eefach, auf so gstellte Bilder schö zu gucken. A wenn ich ke Politiker mooch, obber eefach ham ses net. Solln sa lach, weiße Zahnreihen zeich? Vielleicht weng dumm wirk dadurch. Odder ernst guck, mit entschlossenem Blick so tu, als ob sa Probleme anpack könnerten?"

Auf eh mal muss der Sebber grins. „Aha, die AFD hat ihr Plakate ganz schö hoch khengt. Anscheinend damit sa kenner vollschmier kann. Dermit kenner in Versuchung gerät...

Tatsächlich waren die Plakate der AfD fast 4 Meter hoch khängt. Als Rennradfahrer müssert mer da sein Kopf ganz schö nach hinten verrenk, wenns ahn interessier tät, was da auf denna Plakate steht. "

Nach seiner morgendlichen Tour mecht der Sebber gscheit Brotzeit, hält sein Mittagsrentnerschlaf und geht am späten Nachmittag nei die Stadt.

Widder is alles voller Wahlpropanda. Gleich fällt dem Sebber auf, dass da ah die Wahlplakate der AFD auf Augenhöhe hänga. Und tatsächlich ist dem Kandidaten aufm erschten Plakat gleich a glenns Oberlippenbärtla hiegemahlt worn.

Der Sebber grinst: „Sixt, wenn ihr na höher khängt hät, wär des net passiert." Und unwillkührlich denkt der Sebber an den Film mitm Clint Eastwood mit dem passenden Titel zu dem Thema.
Der Sebber bleibt steh und guckt sich um. Wie er sich unbeobachtet fühlt, holt er schnell an Kugelschreiber aus seim Rucksack und schreibt den Filmtitel auf des Plakat. Kleh zwar, obber doch deutlich zu lesen steht jetzt „Hängt ihn höher" drauf.

Der Sebber mecht an Schritt zurück und lacht schelmisch.

Zwä Hend lechen sich auf seiner Schultern
„Aha, da hammer also mal so an Schmierfink erwischt. Freund des kummt dir teuer zu stehen." Der Sebber dreht sich um und guckt ahm uniformierten Amtsträger nein Gsicht.
„Ja obber...."
„Nix obber. Des gibt a saftige Anzeige wegen Sachbeschädigung und Volksverhetzung..."

Vier Wochen später hat der Sebber an amtlichen Brief kriecht. Die übedimensionale Straf hat er bezahlt.
„Na bravo, jetzt bin ich ah nuch vorbestraft, steht da. Hoffentlich wird des ah widder mal gelöscht.", stellt der Sebber grübelnd fest.

Was wöllmer lang rumred. Es is net gelöscht worn. Zehn Jahr später is der Sebber vo uniformierte Amtsträger abkholt und am nächsten Baum aufkhängt worn, ganz hoch oben, war er schließlich khängt.

Wie? Ihr schüttelt mitm Kopf? Ihr denkt, sowas is nimmer möglich? Seid ihr euch da sicher?

21. Franken geht unter

Endlich sitzt der Sebber vor seim Schnitzel. So eefach is es ja net, a gscheits Wirtshaus zu finna, net amal in der Genussregion „Fränkische Schweiz".

Der erste Biergarten, den der Sebber als schö und gemütlich in Erinnerung khabt hat, war wohl scho einige Jahre gschlossen, alles war zugewuchert und hat an gottverlassenen Eindruck gemacht.

Beim Zweiten war a großes Schild „Tucher" am Eingang ghängt und der Sebber hat gleich widder aufs Gas gedrückt, wie er des gsänn hat. Mit dera fürchterlichen Spritzen wollt er sich net vergift lass.

Beim Dritten warn die Sonnenschirm mit „Kulmbacher" beschrift und ham den Sebber zum Fluchen gebracht: „Ja, Dunnerkeil, ich fahr doch net nein Land der Bierbrauer um so a Industrieblörre zu saufen...", war sei Reaktion.

Kurz vorm Verhungern und Verdurschten is er dann vor Bamberch gerettet worn. Des Dorfwirtshaus hat gut ausgschaut. Der Parkplatz war voll und auf der Terrassen war a Tisch frei. Der Sebber hat sich gfühlt, wie wenner nach zwä Dooch in der Sahara kurz vorm Verdurschten in eine palmenbewachsene Oasen auf ahm schaukelnden Kamel eingeritten wär.

Des Bier war fränkisch süffich und der Sebber hat sich net dran gstört, dass es mittlerweile in Buttenheim abgfüllt worn is.

„Ja, mer muss halt Abstriche mach, wemmer am verdurschten is", hat der Sebber grinsend zu seiner besten Ehefrau gsacht.

Schließlich stehn die Schnitzel aufm Tisch und die Sebbers greifen zu.
„Bisle dünn sin se", secht der Sebber nach kurzer Zeit mit vollem Mund.
„Naja, dafür is die Panaden ja gscheid dick. Musst ja blos hiehör, wie die in der Küchen auf denna arma Schnitzel rumhämmert." secht sei Fraa und kaut weiter.
„Friteusenzeuch halt. Ahm fränkischen Wirtshaus eichentlich unwürdich. Obber der Hunger treibts nei, secht mer wohl ah da herohm."

Derhem lässts dem Sebber dann ke Ruh. Er mecht sich an Schoppen auf, setzt sich hie und fängt des googlen an.
„Eichentlich söllert ich a Bewertung schreib. So in der Art, dass der Franke ken Friteusenfraß braucht, odder so ähnlich."

Der Sebber staunt net schlecht, wie er liest, dass des Wirtshaus allgemein als Schnitzel-Tempel bekannt is. Gelobt wird da nauf und nunter.
„Ich liebe die dünnen Schnitzel mit knuspriger dicker Panade, frisch in der Friteuse zubereitet" schreibt Ehner.

„Oje", der Sebber klappt sein Laptop zu. „Jetzt is klar. Franken geht unter. Unweigerlich.

22. Selber schuld

„Äh, entschuldigung, ich muss es jetzt doch mal ansprech: Die Fahrräder ham ein zulässiges Gesamtgewicht. Also bei dem jetzt 130 Kilogramm. Fahrer und Fahrrad dürfen also zam blos 130 Kilo wiech. Des Fahrrad wiecht knapp 30.....Sorry, aber ich muss es ansprech."
Der Sebber zieht des Fahrrad aus der Reihe, guckt dabei obber bisle verlegen aufm Boden.,

„Ja ke Problem. Des versteh ich natürlich." Die junge, stark übergewichtiche Dame, schreckt von dem ins Auge gefassten Hollandrad zurück: „Nee, des geht dann obber net...."

„Ja wir ham auch andere Fahrräder. Reichen 150 Kilogramm Gesamtmasse oder brauchen wir 170?..."

„Ach dann nämma mir doch lieber 170..", kriecht der Sebber ganz unschuldich und ungetrübt selbstbewusst zu hören.

Bei der anschließenden Probefahrt ziechts dem Sebber alle Eingeweihte zam, so arch geht des Fahrrad nei die Knie. Und wacklich unsicher is des Mädla ah nuch auf dem schöna Elektrofahrrad.

„Eichentlich dürfert ich dera gor ke Fahrrad verkäff. Des Fahrrad hälts vielleicht nuch aus, obber die is wirklich gscheit unsicher auf dem Ding. Wenn da was passiert, dann bin ich ah nuch schuld...", denkt er sich.

Obber die Fraa denkt des net und is begeistert vom Sebber und seim Fahrrad. Schließlich hofft sie ah drauf, dass sa jetzt mindestens 50 Kilo abnimmt und ihr Lähm sich etzert grundsätzlich änder werd.

Kurzum: A halba Stund später geht sa stolz mit ihrm neuen Fahrrad zur Tür naus.

Der Sebber denkt sich nuch: „Na hoffentlich geht des gut, geht zurück nein Laden und kümmert sich um die nächsten Kunden.

Abends hilft er nuch beim Zamräuma, zieht sei Verkaufshemdla aus, freut sich aufs Abendessen und Feierabendbier derhem und geht zu seim Fahrrad.

„Ach des Lehm is so schö.", denkt er sich, schalt die Motorstufe auf Automatic, schwingt sich aufs Rad und fährt flott und entspannt über die Maxbrüggen.

Durch die Brüggenstrass gehts wie immer Richtung Marktplatz und dort rechts weg in Richtung Marienbachzentrum. Also so gehts normalerweis.

Obber wie der Sebber rechts abbiech will, verdunkeltt sich sei Umfeld und a großer Schatten kummt über na. Vo links sicht er im letzten Moment vorm Untergang des jetzt doch entsetzte Gsicht vo dem 150Kilo-Mädla, die wu da mit einem Affenzahn (25 Kilometer fahren die E-Bikes ah mit dicka Leut) ungebremst mit ahm lauten Aufschrei in den Sebber neidonnert.

Mit ahm lauten „Scheißeee" fliecht der Sebber durch die Luft, kummt aufm Bauch zum liechng und wird sofort vo der ihm hintennachfliechenden Dame komplett zugedeckt.

Was war des führa Bild, wie vom Sebber blos nuch die willd rudernden Arm unter dem massichen Körper mit hochgerutschten Klääd mit 150 Kilo Läbendgewicht zu sähen worn.

„Scheiße, hät ich blos auf meim Instinkt khört….." waren dem Sebber sei letzten Gedanken. Dann sin sei Lichter ausganga.

23. Ganz alee

„Sebber, ich lieb dich!"

„Gut, dann simmer ja scho zwää, die wu mich da lieb ham däden!"

„Sebber, du bist a Depp!"

„Also damit bist jetzt obber allee, mit dera Meinung, vielleicht…"

24. Lizenz zum Töten

Entspannt hat sich der Sebber auf einen freien Platz gesetzt. Die Lesung wird bestimmt interessant, hat er sich gedacht. Verschiedene Autoren, Anfänger und Routinees, junge Heißsporne und alte Abgeklärte.
Gemütlich wars, kleine Tisch mit Vierergrüppli, des Cafe war voll besetzt.

Pünktlich um sieben is die Autorenchefin aufgstanden, hat allle Leut begrüßt und die Lesenden kurz vorgestellt.
Dann gings a gleich los. Ausschnitte eines neuen Romans wurden vorgelesen.

Der Sebber hat prüfend in den Raum geguckt. Ein deutlich vernehmbares „Plub" war zu hören. So als ob irgendwo a Wasserleitung tropferd.
Alle 3 Sekunden a „Plub", odder wars a „Schmatz"? Tatsächlich! Nach zwei Minuten hats der Sebber lokalisiert ghabt.
Am Nebentisch war er ghockt, der Störenfried. Konstant, nach drei bis vier Sekunden hat er den rechten Mundwinkel nach oben gezogen, den Mund aufgemacht und die Lippen sin mit ahm lauten Schmatz aufernanner geklatscht. Des Schmatz" hat dem Sebber in seinen Bann gezogen.

Sei entspannter Abend war rum.
Anscheinend blos dem Sebber seiner. Die anderen Gäste, sogar die an dem betreffenden Tisch, ham scheints überhaupt nix bemerkt.

Der Sebber hat vo der Buchvorstellung überhaupt nix mehr mitkriecht.

„Schmatz" Warten „Schmatz" Warten „Schmatz". Es war unerträglich. Is des Schmatz mal net rechtzeitich kumma, wars noch schlimmer, hat sich die Angst vor dem Schmatz noch länger hingezogen. Der Sebber hat scho nimmer gewusst, ob die Angt vor dem Schmatz, oder der Schmerz nach dem Schmatz schlimmer war.
Der arme Sebber hat scho an hochroten Kopf ghabt, sei Puls war erhöht, sei Atmung ging kurz und hektisch.

Er hat sich schließlich des rechte Ohr zugehalten. Kenner hats scheints gemerkt. Alle ham ganz normal nach vorn geguckt.

Endlich Pause.

Der Sebber war schweißgebadet. „Ich halt des auf ken Fall aus. Ich hab scho Mordgelüste."
Mit mir net, denkt sich der Sebber, steht auf, geht zum Nachbartisch, bückt sich zu dem Störenfried und secht so, dass ke Annerer des mitkriecht: „Tun Sie mir bitte einen Gefallen, und hören Sie auf zu schmatzen. Ich halt des net aus. Ich bin da allergisch dagecher. Lassen Sie einfach den Mund zu."

Der Unhold erstarrt, schaut zu Boden und secht ken Ton. Der Sebber hat sich umgedreht und auf seinen Platz. khockt. Kenner hatt was mitgekriegt.

Der nächste Leser war a junger Bursch und hat sich an Lyrik versucht. Was heist versucht. Sofort war klar, dass der gut war. Der Vorleser hat gegrinst und sich als großer Lügner vorgestellt. Alle waren sofort konzentriert dabei.

„Schmatz".

Der Sebber net. „Schmatz."

„Ich bin ein Lügner jederzeit."

„Schmatz"

„Ich lüge stets, allseits bereit."

„Schmatz"

Der Sebber hat sich beide Händ an die Schläfen ghalten. Er hat gezittert und ke Luft mehr kriecht.

„Ich lüg den Tag zur dunklen Nacht."

„Schmatz"

„Die Nacht is bei mir hell, das wär gelacht."

„Schmatz"

Der Sebber is mit ahm lauten Aufschei aufgsprunga, hat sich auf den Verbrecher am Nebentisch gstürzt und den mitsamt dem Stuhl nach hinten umgeworfen. Er hat sich auf den am Boden liegenden Mistkerl gekniet und den Drecksack mit der linken Hand an der Gurgel gepackt. Blitzschnell hat er in der rechten Hend sei Taschenmesser khabt und dem nach Luft schnappenden Sauhund mit ahm schnellen Schnitt die Zunge abgschnitten.

Also fast. Wie der Sebber vo kräftige Händ gepackt und vo dem Kerl runtergezogen worn is, hing besagtes Körperteil noch an ahm seidenen Faden auf der linken Seiten zum Mund raus. Jedenfalls soweit mer des in dem Blutschwall noch gsänn hat.

A halbs Jahr später war der Sebber dann vor seim Richter gstanna und hat sich wächer schwerer Körperverletzung verantwortet.

„Herr Richter, ich war eefach nemmer ich selber, ich hab ke Kontrolle über mein Körper ghabt. Ich kann mir des heut ah nemmer erklär. Ich bin doch ke böser Kerl."

Der sachverständige Psychologe hats schließlich bestäticht:

„Der Sebber is tatsächlich kein böser Mensch. Er is einfach ein Misophoniker, also ein Mensch, der bei Schmatz- oder Schlürfgeräuschen Hassgefühle und Mordgelüste entwickelt, sich da also überhaupt nicht mehr unter Kontrolle hat.

Misophonie ist mittlerweile eine anerkannte Krankheit, oft ausgelöst durch überstarken Essenszwang in der Kindheit."

Bei dem Satz is dem Sebber tatsächlich der 6-wöchige Aufenthalt im Schullandheim eingefallen. Bilder einer mächtig dicken Aufseherin mit großen Kannen lauwarmen Früchtetee sind vorm Sebber aufgetaucht. Sofort hat er widder es schwitzen angfanga und sei Blutdruck is gstiegen. Fast wär er fluchtartich ausm Gerichtssaal in Richtung Toiletten gerennt.

Schließlich is dem Richter nix anderes übrich geblieben, als den Sebber wegen Schuldunfähigkeit frei zu sprechen.
Einmal wöchentlich musste er sich bei einer Selbsthilfegruppe für Misophoniker einfind und sich mit Gleichgesinnte zamsetz. Des war alles. Der Sebber war also jetzt a anerkannter psychisch Kranker.

„Etzert hab ich also tatsächlich die Lizenz zum Töten", hat sich der Sebber gedacht und gschmunzelt.

Zwei Wochen später hat der Sebber seine Freiheit wieder richtig genossen und sich auf den Weg ins Kino gemacht.
In der letzten Reihe war er ghockt. Kaum war der Film angelaufen, hat er rechts vor sich a Rascheln, Schlürfen und Glucksen gehört.

Im Halbdunkel hat er a junges Pärchen entdeckt, des sich grad eine Chipstüte aufgemacht hat. Und jeder von den Zwää hat mit einem langen Strohhalm Cola gezühlt.

Ganz langsam hat der Sebber nei seiner Jackentaschen gelangt.

25. Glück khabt

„Ach spielen die Zwä so schö mitnanner. Sie ham ja an schönna Hund. der is ja goldich. Unnerer hässt Sunny. Wie hässt den Ihrer?"

Der Sebber verziecht des Gsicht:
„Unnerer hässt Köder!"
Schweigen.
Des Gsicht vom netten Herren gegenüber wechselt vo freundlich zu ernst, und dann doch widder zu freundlich zurück. Er lacht unverbindlich.

Der Sebber net. Er is genervt vo solche Gspräche über Viecher. Die kumma gleich nach Gspräche über Enkel. „Ach unnerer is ja so gscheit, der hat lauter Einser…"

„Is ihrer kastriert?", will der Gegenüber des Gspräch am laufen halt.

„Nä, der is so wie ich." Der Sebber verdreht die Augen, steht auf und geht davo. Dicht gefolcht vom Köder, der wu eigentlich ganz annersch hässt.

Abends dann hats gschneit und khalt is worn. Der Winter hat Einkehr khalten. Dem Sebber war nimmer danach mitm Hund noma Gassi zu gehen. Dem Hund ah net.
So hat der Sebber die Terrassentür aufgemacht und den Köder der wu eigentlich ganz annersch hässt, noma nein Garten gelassen. Nachdem der Hund sich Zeit gelassen hat, is der Sebber zu seim Rotweinglas und hat noma nachgschenkt. Dann is er nei sein Bett.

Früh, es is scho hell worn, wars weng ungewohnt. Kenner hat sich bemerkbar gemacht, kenner hat gewinselt. Kenner hat am Sebber seiner Händ, die wu ausm Bett khängt war, rumgschleckt.

„Scheiße, der Köder…um Himmelswillen..“

So schnell war der Sebber scho lang nemmer ausm Bett. In banger Erwartung hat er die Terrassentür aufgemacht.

„Köder, gottseidank, du läbst nuch…“

Mit herzerreißendem traurigen Blick, lange Eiszapfen am Fell, tief verschneit, war der arm Kerl zitternd vor der Tür gstanna.

Mit extrem schlechten Gewissen hat der Sebber sein Köder nein Arm genumma, nein Haus getragen, in ah großes Tuch gewickelt und mit nein Bett genumma. Lang warn sa gelächen. So lang bis Körper und Geist widder warm mitnanner warn.

Ah wenn jetzt sämtliche Tierschutzwohl-Vereine den Sebber gern eigsperrt hätten: Der Sebber und sei Hund sin mitnanner alt und glücklich worn.

Im Gegensatz zum Nachbarn. Dem is Ähnliches passiert. Der hat sich obber erscht im Frühjahr a seim Hund erinnert und den dann nach der Schneeschmelze gfunna.

26. Warum der Hund Gras frisst

Der Sebber nimmt sei Kaffeetassen vo der Maschien, tut sich an großen Schuss Milch nei und setzt sich zu seim Marmeladenbrot.

„Ach is des schö, wemmer Zeit hat", denkt er sich. „Wenn der Wecker nix mehr klingelt und der Dooch gemütlich angeht. A feins Lähm is des, als Rentner."

Vielleicht weng eindönich, wenn erscht der Hund dem Sebber und dann draußen der Sebber den Hund zuguckt, wie jeder in vollkommener Ruhe sei Gschäft mecht.

Der Sebber grinst. „So kanns nuch 13 600 Tage weitergeh, bis zu meim Hundersten Geburtstag."

Er mecht die Zeitung auf und hört auf zu grinsen.

Er liest, wie net annersch zu erwarten, gleich auf der erschten Seiten ganz groß vo der Bodenoffensive der israelischen Armee.

Schnell blättert der Sebber weiter. Er will jetzt nix läs vo Kriech und Tote, von Ausrufung zum weltweiten Dschihad, nix vo Drohungen der Russen und der Amis. Nix mehr hör vo Amokläuf, vo Selbstmordattentäter, vo Bomben in Einkaufszentren.

Nachdenklich schlürft er an seim Kaffee. „Gottseidank simmer alle so abgstumpft und kalt. Wärmer blos bisle sensibel, würd mer uns doch nach dem Lesen der erschten drei Seiten unweigerlich umbring, weil des Elend dann nimmer zu ertragen wär. Dann bleiberten uns wenigsten Seite 4 und 5 über unner eichenen Politiker erspart."

So schnell wie möglich blättert der Sebber zum unwichtigeren Teil der Zeitung und sicht an Hund, der sein Kopf nein hohen Gras steckt.

Warum der Hund immer wieder mal Gras frisst und was des bewirkt steht drüber.

Der Sebber liest die erschten Zeilen. Recht wissenschaftlich hat sich da Ehner Gedanken gemacht.

Die Gründe für das Grasfressen des Hundes können Folgende sein:

„Näh, des mach ich jetzt doch net." Dem Sebber überkommt a schlechts Gewissen. „Überall bringen sich die Leut um und ich les so an Scheiß! Bin ich wirklich so a gleichgültiger Banause?"

Er klappt die Zeitung widder zam und hat die erschte Seiten vor sich.

Er liest vo menschliche Geiseln, vo gefilmte Enthauptungen, die dann im Fernseh gezeicht wärn. Er liest vo Massengräbern mit Kinder, Frauen und alte Leut.

Er liest vo Rückführung der Deutschen aus dem Krisengebiet. Bei der Aufzählung der Toten scheints immer besonders schlimm zu sein, wenn Deutsche dabei sen, am End noch Jemand aus Unterfranken oder ganzergor ehner aus der Heimatstadt.

„Is des dann schlimmer für uns? Is es angenehmer, wenn Opfer vo weiter weg sin" Der Sebber schüttelt verständnislos den Kopf.

Er liest vo Gräueltaten der Hamas und vom rücksichtslosen Vorgehen der israelischen Armee. Vo Hungersnot und Elend im Gazastreifen.

Der Sebber googelt nähmher. er liest vom Bürgerkrieg im Libanon, vo unzähligen Extremgruppierungen des Islam im nahen Osten, die sich net einich sin und seit Jahrzehnten die ganze Region ins Unglück stürzen.

Der Sebber setzt die Kaffeetassen an und hält inne. Er traut sich kaum zu schlucken. Der frische Kaffee, des sonst angenehme Gefühl, bleibt aus. Dem Sebber schnürts die Kehle zam, an seim schönen Tisch im warmen Zimmer.

Mit ahm Seufzer blättert er widder um, blättert und blättert und hört erscht auf, wie er des Bild vom Hund mit Gras im Maul sicht.

Ursachen können sein, liest der Sebber, reinigen des Magens nach falscher Nahrungsaufnahme, Vorhandensein von Würmern im Hundedarm, zum Stressabbau beim Kontakt mit anderen Hunden, Langeweile des Hundes odder einfach nur weil ihm das Gras schmeckt.

„Ehns ham sa vergessen" denkt sich der Sebber, „vielleicht steckt er sein Kopf a blos nein Gras, weil er die Dummheit und des Elend auf dera Welt nimmer erträcht."

27. E x p e r t e n

Es is scho a Wunner, dass bei uns des Einfachste net funktioniert, blos noch diskutiert wird und jeder ungefracht sein Senf zu allem gäb will. Dabei gibts doch so viel schlaue Leut, so viel Fachleut.

Was bin ich froh, hat sich der Sebber gedacht, dass ich so viel Experten um mich rum hab.
Für alles gibt's mindesten ehn, odder zehn, odder Hunnerrt. Wennst die Zeitung odder dein Computer aufmechst, bist gleich beruhicht. Für alles gibt's Tausende Experten.

Experten für's Wetter (für's näxte halbe Jahr, sogar) Experten für Nahost, für Nahsüd und Nahwest. Experten für Amerika (aufgeteilt auf Ney York, Los Angeles, Texas und Hawai) Experten für Klimaerwärmung, für Nord- und Südpol jeweils Zehn, Exerten für die Polkappen, für China, Afrika und Hinterindien, Experten für Zugverspätungen (jeder Bahnreisende), Experten für Volksverblödung (kommen nicht im Privatfernsehen zu Wort) Experten für Putin (Bärbock ghört net dazu), Experten für Wirtschaft (wo hocken die jeden Abend und was trinken die?) Experten für Gschlechtskrankheiten (wie wird mer sowas?) Experten für Tierschutz (erklären Wölf, Biber und Zecken als schützenswert) Experten für Ballsportarten im Allgemeinen (Loddar und andere Frauen) Experten für fettarme, schnelle, gsunde Küche (kein Franke dabei)
Experten für Natur und Umwelt (entwickelt sich ohne Experten bestens) Experten für Gallen-Blasen-Leber-Nierenerkrankungen (wenns zu spät is) Experten für Erziehungs- und Eheprobleme (Polizisten und Rechtsanwälte) Experten für die Rettung der Welt (da gibt's ca. 7 Milliarden Experten). Ja, sogar Experten für

Weihnachtsgschenke schreiben ungestraft in der Zeitung, was mer schenk, oder besser net schenken söllert.

Der Sebber schüttelt mit'm Kopf: Früher hast zu ehm gsacht, der wu aufgsprochn, dabei obber ke Ahnung khabt hat, den wu kenner für ernst genomme hat und eefach weng annersch war wie Annere: Des is ah so a Experte....

„Nä Nä", der Sebber hat mit'm Kopf gschüttelt: „Die könna mich alle da leck wo's net weh dud, mit Experten kenn ich mich aus.... Da bin ich Experte!"

28. Altes Fleisch

„Ach is des schö", denkt sich der Sebber, „wemmer nachm Frühstück, wenn alle auf die Ärbert renna, seiner Hobbys frönen kann, wenn nix drängt und unbedicht wer gemüsst hat. Und heut is es besonders schö, bisle kalt vielleicht, obber ich bin ja warm eigepackt."

Der Sebber genießt sein Morgensport. Morgensport muss unbedingt sei, jeden Dooch, sonst tät die Mittagsbrotzeit und vor allen Dingen des Mittagsbier ja net schmeck. Der Sebber freut sich scho immer gscheit auf die Mittagspause, mit Bier und Zeitung und natürlich mit am Powernäpp danach. Obber erscht gehts nein Wald. Des muss sei. Unbedingt.

Heut mechts besonders Spaß. A hauchdünne Schneedecke is vo der Nacht übrich gebliehm. Der Sebber genießt sei Spur im unberührten Schnee. Es hat 8 Grad minus und der Sebber is schö eigemummt. Dicke Socken, dicke Handschuh, sein Schalke-Schal über Mund und Nasen gezogen und aufm Kopf a Bommelmützen mit Glöckli dran. So läuft er (rennt fast) mit Gebimmel durch herrliche Winterlandschaft. Die Stöck, bei dem Wetter mecht er natürlich Nordic-Walking, komplettieren sei Ausrüstung und gähm zusätzliche Sicherheit.

„Sixt, ich bin doch net der erscht, der im Wald unterwegs is", freut sich der Sebber fast, wie er Pfotenabdrück auf sein Wääch sieht. Offensichtlich hat da noch jemand den Wanderpfad benutzt, um besser vorwärts zu kommen.

„Gut, dass mir da blos harmlose Viecher ham. Schlimmstenfalls is es a Fuchs, odder a Wildsau vielleicht.

Obber nix, wu mer Angst hab müssert. In Italien ham sa da ganz annera Probleme. Da müssen sa jetzt die Bären abschieß, weil neulich ehner an Italiener totgebissen hat. Odder wars ganzergor a Tourist? Die Bären sollen ja angeblich da ken Unterschied mach." Der Sebber grinst.

„Na, ein Verkehr war da heut nacht", lacht der Sebber, wie sich noch zwä weitere Spuren dazugesellen. Die sin deutlich größer, mehr so hundspfotenähnlich.

„Obber wo sin die Schuhabdrück, vo die Besitzer vo dera Hünd", denkt der Sebber unwillkürlich und guckt vorsichtich nach alla Seiten.

Die Spuren wern immer mehr und sind auf ehmal überall und deuten auf a Wildpopulation, ähnlich dem Menschenauflauf an ahm Samstag in München aufm Marienplatz hin.

Und tatsächlich sicht der Sebber nach der nächsten Kurven in sicherer Entfernung an grauen Vierbeiner, größenähnlich wie a Schäferhund vielleicht.

Obber was heißt da in sicherer Entfernung. Bei so ahm Viech gibts doch überhaupt ke sichere Entfernung. In dem Moment, wo du na sixt, is doch gor nix mehr sicher.

„A Wolf, leck mich am Arsch, was mach ich den jetzt?" Der Sebber bleibt steh, sei Puls steicht und a Panikattacke, wie er sa bei seiner ersten Verlobung kriecht hat, bahnt sich an.

„Obber Wölf sin ja blos im Rudel gefährlich und die gibts doch bei uns net. Sogar in der Rhön sin blos einzelne Exemplare unterwegs," versucht sich der Sebber zu beruhigen.

Der Sebber erstarrt. „Und ich wollt noch so viel erledich. Jetzt is alles aus. Jetzt muss ich sterb!"

Tatsächlich kommen aus allen Richtung große graue Vierbeiner näher, umkreisen den Todgeweihten und flätschen die Zähn.

Der Sebber is zu kenner Bewegung mehr fähich und erwartet sein baldiges Ende.

Des größte Exemplar und offensichtlich der Anführer der Meute geht aufm Sebber zu schnubbert, bleibt steh und rümpft schließlich die Nasen.
„Was is denn des für a Viech?" denkt sich der Wolf anscheinend. „Mit Stöck, dass er net hiebollert, mit Glocken, dass er schneller gfunna wird, wenn er sich verläuft, mit ahm Looser-Schal um den Hals. Sei Fleisch riecht a scho weng ranzert."

Der Wolf guckt sei Kollechen an: „Näh, so a elendiche Gstalt, kurz vor der Verwesung is nix für uns. So tief simmer doch noch net gsunken. Mir brauchen würdiche Gegner und ke Opfer."

Sechts, dreht sich um und geht davo. Die Meute hintenach.

Der Sebber guckt ungläubich, langsam kehrt Leben in ihm zurück.

„Feige Bande. Des is ja wohl a Unverschämtheit. So alt bin ich jetzt a widder nuch net."

Sechts, geht hem und bucht einen Flug nach Afrika. „Vielleicht gibts da nuch Viecher mit Anstand."

29. Vo Gauner und annere Leut

Der Sebber sitzt im Garten, guckt nein Nachthimmel und lässt sei Leben revue basier. A zweiseitiger Artikel in der Tageszeitung hat na heute den ganzen Tag über beschäftigt.

„Coming out" auf dem Land, war die Überschrift. Also über Leut, die wo weng annersch warn halt, sich des ganze Leben unter- und eingeordnet ham, quasi unglücklich warn, und erscht spät zu sich selber gfunna und gstanden sin.

Der Sebber denkt an sei Schulzeit: Was war des für a Qual, den ganzen Tag stillzusitzen und zuzuhören, ganz annere Gedanken im Kopf zu ham als Akkusativ, Pythagoras und Larvenverpuppung. Heut hät er sicher als Hyperaktiver oder Hochinteligenter (er hat ja schließlich scho damals alles besser gewusst) große Karriere gemacht.

Der Sebber seufzt.

Obber nä, mer is ja damals in alles neigeprässt worn. Schulbank, anständige Ausbildung, Ehe, Arbeit bis 65. Spielraum für eigene Gedanken, Fähigkeiten und Entwicklungen hats damals ken gähm.

Mit Beziehungen gings ja weiter. Hetero, Gleichgeschlechtliche, Unentschlossene, Geschlechtsumgewandelte hat mer damals nuch net gekennt. Heut gibts sogar scho die anerkannten Nicht-Binären. Also die wo sich heut als Frau, morgen als Mann und nächste Wochen widder umgekehrt fühlen.

Der Sebber grübelt: Was war ich doch so männlich aufm Fußballplatz. Derhem dann am Küchenherd, odder wie ich mitm Staubsauger durch die Wohnung gerennt bin, wenn mich da ehner gsänn hät. Des wär schlimm gewässt, damals aufm Land.

Der Sebber grinst: Was war ich manchmal Nicht-Binär.

Näh, heut mecht doch jeder was er will und freecht nimmer. Im Gegenteil, vielleicht is es sogar in Mode weng annersch zu sein, als der Mainstream vom Land.

Auch möglicher Drang zur Ungesetzlichkeit, also auf deutsch, der Versuchung zum Klauen und Morden is kategorisch mießgemacht worn.
Mal so a glenner Ladendiebstahl, vielleicht ä bor Süßigkeiten stipiz, vielleicht a Banküberfall, so wie im Fernseh, mit Masken und Spielzeugpistol, odder des Umbringen vo ahm schlechten Kerl, vielleicht ahm Lügner, Bescheißer odder vielleicht Müllwegwerfer is unter hoher Strafe gstellt worn. Da gabs ke Ausflücht und am End war auf jedenfall des Gfängnis mit stabile Gitterstäb gstanna.

Der Sebber leecht die Stirn in Falten.

Heut hät mer als Gauner immer noch Sportfunktionär, Politiker odder Anlageberater wär gekönnt.

30. Zucchinipfännle

Der Sebber steht am Herd und freut sich, dass gleich die Sonne aufgeht und Frau Sebber zur Tür rei kommt.

Er hat gekocht und is scho weng stolz, auf sei Nudel-Gemüse-Pfännle, mit an Hauch Schmand verfeinert. Bisle Zwiebel und Schinken drin runden den überwiegend vo Zucchini dominierten Gschmack schließlich ab.

Mit ahm großen Besteck vermengt er des ganze schließlich fachmännisch.
Net ganz fachmännisch: A glenna Nudel rutscht nämlich aus der Pfanna und fällt auf dem frisch gewaschenen Teppichläufer.

Der Sebber wendet sich bisle nach rechts vom Herd weg, guckt nach unten und sucht des abtrünnige Teil. Net dass ers nuch nein Teppich tritt und es Anlass für Unstimmichkeiten im häuslichen Bereich geben däd.

Wie der Sebber so mit angewinkelte Arm und Besteck in die Händ nach unten guckt, fällt vo der Gabel a mittlere Schinken-Zwiebel-Schmand-Portion nach unten.

„Scheiße, was mach ich denn? Der schö Teppich! Mei Fraa frisst mich mitsamt dem Zucchinipfännla auf."

Schnell bückt sich der Sebber und greift nach dem Schinken-Zwiebel-Schmand-Häufle. Dabei merkt er net, wie sich der Löffel in der linken Hend dreht und a große Portion Nudel-Zucchini-Schinken-Zwiebel-Schmand frei gibt, die wo mit ahm schmatzenden Geräusch aufm Teppich land.

Der Sebber erstarrt.
„Da verarscht mich doch ehner. Wo is die Kamera?"

Vorsichtich steht er auf, lecht des Besteck nei die Pfanne und schleicht sich ganz langsam aus der Küchen. Sehr bedacht drauf, dass er nirgends anstößt. Net das ihm noch vielleicht a Hängeschrank aufm Kopf gfallen wär. So setzt er sich nei ah Ecken und wart auf sei bessere Hälfte.

Mer wääs ja nie was passiert, wemmer alt und dabbich wird.

31. Morgen zeich ich's euch

Einsam zieht der Sebber seine tägliche Runde.
Mit einem lauten „Guten Morgen Natur, guten Morgen Wald"
begrüßt er die Bäume, seit er im Fernsehen einen Beitrag
über Naturburschen und Einsiedler in Lappland gsänn hat.
Da war tatsächlich so a Langhaaricher, Barfüßicher dabei,
der hat jeden Baum gstreichelt, wenn er an ihm
vorbeigelaufen is. Obber so weit wollt der Sebber net
übertreib. A „guten Morgen" aus sicherer Entfernung hat
gelangt.

Schnell find der Sebber sein Rythmus, weit ausgreifende
Schritt, leichte Schulterbewegung durch dynamischen
Stockeinsatz, gleichbleibender Puls vo 140.

Dann gehts raus ausm Wald, über Wiesen und Felder und
runter nach Zell. Vereinzelt trifft er auf Leut, die wo na
freundlich grüßen odder sogar zuwinken. Mittlerweile is der
Sebber bekannt, auf seiner Hausstrecken.

Dann die Hauptstraße überquert. Wie immer ke Verkehr, ke
Auto in Sicht. Dann gehts den langen Anstieg zur
Heeresstraßen hoch. Genau ehn Kilometer lang, net steil,
obber stetich bergauf. Der Puls steigt auf 145.

A Stück weiter ohm sieht der Sebber an Spaziergänger. „Der
is obber a ganz schö flott unterwegs", denkt sich der
Sebber, wie er trotz an Puls vo 150 blos langsam näher
kummt.
„Aha, da mecht anscheinend nuch ehner sein Morgensport.
Na wart ner, dich kriech ich."

Unaufhaltsam verkürzt sich die Entfernung und der Sebber sicht am breiten Gang mit abstehende Arm, dass es a Bursch mit Jogginghosen is.

Kurz vorm Gipfel is der Sebber scho ganz dicht hinter ihm, wie der Kerl (anscheinend hat ers gspannt, dass er verfolcht wird) des renna, also joggen anfängt. Der Abstand wird wieder größer.

Mit ahm Puls vo 155 bleibt der Sebber in Sichtweite. Der Gegner hört des renna auf, läuft weiter und fängt dabei mit Gymnastik, also kreisende Armbewegungen an. Der Sebber kummt widder näher.

So gehts a halba Stund weiter. Der Hochleistungssportler rennt, läuft, guckt sich immer widder mal nach hinten um und der Sebber bleibt mit unbewegten Gesichtsausdruck und konstantem Puls hinter ihm.

„Da kannst du mach was du willst, mich wärst so schnell net los", denkt sich der Sebber und folcht dem Athleten erbarmungslos, egal wie oft der vom Hauptweg abbiecht. Mittlerweile is der Sebber scho weit wäch vo seiner täglichen Runde.

Der mutmaßliche Olympiateilnehmer guckt sich immer öfter gehetzt um. Sei Gsicht wird dabei immer röter und geqälter, fast scho panisch.

Der Sebber läuft sein Rythmus unerbitterlich weiter. „Vo mir aus, kömmer des den ganzen Dooch mach", grinst er siegessicher.

A weitere halbe Stunde später joggt der Möchtegernweltmeister widder, hört obber scho nach wenigen Metern auf, bleibt steh, stützt sich auf die

Oberschenkel ab und lehnt sich gecher an Baam. Er schnauft wie a Ochs.

Entspannt und betont locker, mit ahm unbewechten Gsicht (mer will ja net schadenfroh sei) läuft der Sebber vorbei, lässt obber a kollegiales „Servus" hör (mer will ja net unhöflich sei).

Freudich mecht sich der Sebber aufm Hemwääch. „Die bor Kilometer mehr heut sin a gutes Training", denkt er sich. „Vielleicht söllert mer doch öfter mal mit jemand zusammen lauf, so als Ansporn quasi. Obber wo find mer denn an Gleichgesinnten, der wo a nuch so fit is."

Sei Oberschenkel spürt er scho weng und wie er grad so in seiner Gedanken versinkt, weckt na a lautes und klares „Servus" aus seiner Träum.

Mit ahm kurzen Seitenblick joggt, also sie tänzelt mehr, a jungs Mädle am Sebber vorbei. Die blonde lange Mähne zu ahm Pferdeschwanz gebunden wedelt dabei vo links nach rechts und umgekehrt. Der Sebber sicht a feuerrote Leggin, du wu vo ahm knackigen Hintern (net zu viel und net zu wenig) ausgfüllt werd.

Der Sebber zieht sofort nach und leecht an kräftichen Zahn zu. „Dera zeich ichs, des lass ich mir net gfall", denkt er sich und ruckzuck is sei Puls auf 170.

Obber es hilft nix. Der Abstand werd trotzdem immer größer.

Nach zwähunnerd Meter kriecht der Sebber ke Luft mehr, hält mit zittriche Knie an, stützt sich auf die Oberschenkel ab und lehnt sich gecher den nächsten Baum.

„Des wär mir füher net passiert. Früher wär mir ke jungs Ding davo geloffen", denkt er sich, obber es hat nix gholfen.

Was is des für a Qual, bis der Sebber völlig fertich, körperlich und psychisch am End quasi, hemkummt.

Derhem sicht die beste Ehefrau von allen gleich was los is, grinst und secht: „Hast dich widder mit junge Leut mäss gewöllt. Jetzt wässt vielleicht, warum es im Sport a Klasseneinteilung für jung, alt und ganz alt gibt."

Der Sebber schenkt sich a Weisbier ei und hockt sich am Tisch hie. Nach ahm großen Schluck und ahm Puls unter 140 is der Sebber widder der Alte, also vielmehr der Junge:

„Mir wurscht. Mit alta Leut laaf ich net. Des kannsta vergäss. Morng zeich ichs euch, morng mach ich alla platt."

32. Ein Hoch auf Demokratie

Der Sebber schaltet den Fernseher aus, steht auf und geht gedankenverloren zum Weinregal. Er greift zielsicher nach einem schweren trockenen Rotwein, entkorkt ihn mit geübten Handgriffen, nimmt a passendes Glas aus der Vitrine, geht langsam durch die Terrassentür und setzt sich in seinen bequemen Hochlehnstuhl.
Er füllt das Glas fast bis zur Hälfte, stellt die Lehne schräg und schaut zu den Sternen, die heut deutlich und klar zu sehen sind. Der Nachthimmel ist wolkenlos.

Nachdenklich nimmt er das Glas in die Hand und versetzt den Rotwein in eine leicht kreisende Bewegung.

„Ich dachte, alles wäre überstanden. Der Clown, den Amerikas korruptes und ausschließlich finanziell dominiertes Wahlsystem zum mächtigsten Mann der Erdkugel gemacht hatte, wär Vergangenheit.
Auch der Narr, der das urkonservative England aus der europäischen Union navigiert hat, ist Geschichte.
Beide ham den Lauf der Geschichte net umkehren können und bleiben, wenn auch nicht als ungefährliche, aber am Ende eben doch als Witzfiguren in Erinnerung."

Sebastian nimmt einen tiefen Schluck und stellt das Glas vorsichtig zurück.

„Bis vor kurzem war ich allen Ernstes der Meinung, dass wir aus der Geschichte gelernt haben, dass eine Entwicklung, wie zum Beispiel vor dem zweiten Weltkrieg, nimmer möglich wäre. Ich dachte wirklich, dass wir gscheiter geworden sind.

Und jetzt, jetzt ham wir den Krieg vor der Haustür. Ein offensichtlich skrupelloser, machtgieriger Despot überfällt die Ukraine und stürzt damit auch sein Land ins Unglück.
Als was will der denn in Erinnerung bleiben? Als Massenmörder, wie Stalin vielleicht?

Auf welcher Seite sind eigentlich die größeren Rattenfänger zu finden?

Die Ideale des Kommunismus, die klassenlose Gesellschaft ohne persönlichen Reichtum, sind längst vergessen, von Diktatoren ad Absurdum geführt. Gerade die DDR hatte Karl Marx und auch Lenin verraten.
Unglaublich, dass Gysi behauptet, dass die DDR kein Unrechtsstaat war. 185 Todesurteile, vollstreckt mit Genickschuss, überwiegend an politisch Abtrünnigen, zuletzt 1986, sprechen eine andere Sprache.
Umerziehungsheime, traumatisierte und misshandelte Seelen! Soll das alles vergessen sein?
Wieviel politischer Wendehals, wieviel aalglatter Wille in jedem System Karriere zu machen, muss in jemandem stecken, der einen Mörderstaat verteidigt, seine eigene Stasi-Vergangenheit verschweigt und durch das Gutheißen von Unrecht die Opfer verhöhnt?

Sebastian leert das Glas und schenkt nach.

„Näh, die Rattenfänger sind heute aktiver als je zuvor. Rechte Populisten spielen mit der Angst der Menschen."

Sebastian schüttelt den Kopf und spricht mittlerweile halblaut zu sich selbst.

„Die Masse weiß überhaupt net, wem sie da hinterherläuft.Sie kennt vielleicht die Geschichte net so genau, sieht net die Verbindung zu den Nazi-Verbrechern der Vergangenheit. Wenn zum Beispiel ein Höcke in eindeutiger Anlehnung an sein größenwahnsinniges Vorbild dessen Wortwahl benutzt, ein Umdenken mit radikalen Veränderungen fordert und bereits von in Kauf zu nehmenden Verlusten der eigenen Bevölkerung spricht."

Sebastian hält kurz inne .

„Bis vor wenigen Jahren hät ich das nie für möglich gehalten. Jetzt macht mir die Stimmung meiner Mitmenschen Angst.
Bitte niemals mehr ein System, in welchem sich die braune Kloake öffnet und alle Intelligenz, Anstand und Moral wegspült. Wo Menschen mit Uniformen und Gewehren Macht über andere haben."

Sebastian steht auf, angeekelt von den eigenen Gedanken und nimmt sein Glas in die Hand.

„Es stellt sich doch die Frage, ob es nicht doch auch anständige Machthaber gab oder vielleicht noch gibt. Oder hatte Machiavelli recht, als er behauptete, dass Macht unweigerlich korrumpiert und zum Missbrauch führt?"

Sebastian geht innerlich aufgewühlt langsam durch den Garten.

„Nein. Er hatte nicht recht. Was ist mit Abraham Lincoln? Ghandi? Gorbatschov und auch Helmut Schmidt? Es gab sie immer schon. Menschen mit Idealen, die sich nicht verkauft haben, die die Welt zum Besseren verändert haben."

Schließlich geht Sebastian zurück zum Tisch und schenkt sich den Rest der Flasche ein. Er setzt sich, lehnt sich zurück, schaut in den Nachthimmel und freut sich auf morgen.

Anmerkung:
Lesung mit der Schweinfurter Autorengruppe SAG im Museum Otto Schäfer, Thema „Verführung"

33. Hellau

Mit ahm Grinsen steht der Sebber vorm Spiegel, zieht die Mundwinkel ausernanner, zeicht weiße Zahnreihen und taucht die Finger nei die Farb.

Die Idee is spontan und schreit nach sofortiger Verwirklichung. Heut, am Faschingsdienstag is ja alles erlaubt, heut kammer mal so richtich diffamier, diskreditier und diskriminier. Alles was in letzter Zeit aus extremen Kreisen als extrem beleidichend bezeichned und deswegen nimmer bezeichnet, also ausgsprochen wer gedürft hat, kammer heut wieder mal sooch.

Der Sebber grinst, malt sich die linke Gesichtshälfte komplett schwarz und die rechte mit bunte Strich als Kriegsbemalung an. Heut wärn mal die Neecher und die Indianer diskriminiert, secht sich der Sebber, dreht die Aachen raus und grinst bösartich nein Spiegel. Mehr geht leider net, weil er halt blos eh Gsicht hat, mehr Platz zum mehr diskriminieren is halt net vorhanden.

Kurz drauf zieht er Schuh und Jacken an, nimmt sein Schlüssel und will des Haus in Richtung Faschingszug verlass. Dabei guckt er im Vorbeigehen im Flur noma nein Spiegel und stockt. Er guckt unnötich lang und guckt sich sei ganze Euphorie weg.

Ich schau ja blöd aus, denkt er sich. Mit über 60 mach ich mich doch nimmer zum Affen. Schnell geht der Sebber nein Bad, dreht den Wasserhahn auf und wäscht sich die ganze Farb ab. Dann geh ich halt als Depp, sin ja genuch Deppen da, die mer so diskriminier könnert, überleecht der Sebber und sei Grinsen kummt langsam zurück.

A halbe Stund später geht der Sebber eilich, er hat sich mit Frau Sebber verabred, vo der Brückenstraße in Richtung vom Zentrum der Narretei. Vo überall tönt scho laute Musik, odder eefach blos Gebumber.

Vier Gstalten bauen grad an Informationsstand mit Tisch und Broschüren auf. Sie sen unmaskiert und ham Plakate mit Bibel, Glaube und Gott umhänga.

Na die wärn sich wunnern, denkt sich der Sebber. Zeugen Jehova braucht ke Mensch, und beim Faschingszuch erscht recht kenner.

In der Stammkneipen sitzen dann die Sebbers durch a dicke Glasscheiben vom Narrentrubel getrennt und erlähm die Faschingsstimmung quasi gefiltert oder Fasching-light halt.
Bisle Alkohol, entspannte Gsichter außenrum und teilweise sogar richtich gute Verkleidungen auf der Straße tun schließlich ihr Übriges und auch bei den Sebbers stellt sich die erhoffte von Alltagssorgen gelöste Stimmung ei. Sogar in der Kneipen wirds immer bunter und die Leut fangen des Tanzen und singen an.

Der Moo vom Nebentisch umarmt sei sichtlich entspannte Partnerin und wippt vo unten zupackend an die nimmer so ganz festen Möbs. Obwohl, denkt sich der Sebber, was is eigentlich die Einzahl vo Möbs. Weil der Moo schaukelt ja blos den einen, also den Mobs quasi, den er, wenn er näber ihr sitzend und um die Dame rumlangend zu greifen kriecht.
Seiner Fraa, die zwä sin bestimmt verheiert, so selbstverständlich wie die des hinnimmt, gfällts und dem Sebber ah.

Nach zwä Stund ham die Sebbers dann obber doch genuch Fasching und machen sich aufm Hemwääch. Dabei staunen sa net schlecht, dass die ganze Innenstadt voller singender und tanzender Leut is. Der Marktplatz dröhnt, der Stimmungsmacher auf der Lifebühne versteht sei Handwerk und überall gibts Alkohol.

„Mir gehn nuch net hem, derhem sterm die Leut!", meldet sich Frau Sebber zu Wort und der Sebber holt zwä Bier, weil sterb will er ah nuch net. Also geht's nein Gewühl, so wie früher mittennei und die Sebbers ham widder mal richtich Spaß. Alla fünf Meter treffen sa auf bekannte Gsichter, wärn umarmt, abgeküsst und freuen sich, dass sie dabei sin.

Sogar aufm Kloh isses lustich, Mädlich gehn zu die Männer mit nei und am Pissbecken näbern Sebber stellen sich drei Burschen im Halbkreis und erledichen ihr Gschäft mitnanner.

Wie der Sebber zurückkommt, kniet a junger Bursch vorm Sebber seiner Fraa und fleht sie an: Bitte heirate mich, du bist so wunderschön!"

Der Sebber geht hie, grinst, hebt den armen Kerl auf und klopft na auf die Schulter.
„Du hast scho recht, obber die is scho vergähm. Da mussta dir a Annera such, wennsda heut nuch zum Schuss kumm willst."

So ham alle nuch ihren Spaß ghabt, es hat ken Streit gähm und nix is kaputt gemacht worn. Alles war gut.

Wie die Sebbern sich dann doch mal aufm Hemwääch gemacht ham, sinse widder an dem Bibel-Stand vorbeikumma. Dort war blos noch eine Frau ganz allee mit ausdruckslosem Gsicht gstanden. Offensich ham sich die annern drei doch bekehr lass und ah ihren Spaß khabt.

34. Unruhige Nächte

Der Sebber licht flach aufm Rücken. Er guckt starr an die Decken. Alles is weiß außenrum. Des Zimmer is farblos. So wie im Krankenhaus halt, odder möglicherweise auch im Pflegeheim.

Der Sebber denkt nimmer viel, er vegetiert blos nuch. A Instinkt secht na, dass es widder mal Zeit is, den Knopf zu drücken.

Oje, denkt er sich, jetzt hab ich also den Moment verpasst. Ich hab doch immer damit geprahlt, dass ich mich vorher wegräume, also vom Acker mach, bevor ich gepflecht wer muss und mir annera Leut den Arsch abputzt. Soweit wollt ichs nie kumm lass. Wenn ich mich nimmer selber wasch und nimmer aufs Kloh kann, da wollt ich doch immer, dass es vorher zu End is.
Und etzert sitz ich in der Scheiße, im wahrsten Sinne des Wortes.

Die Tür geht auf. A kräftiche junge Blondine kummt rei, geht gleich auf den Sebber zu, beugt sich ganz dich überna und nähert sich mit dem Ohr dem Sebber seim Mund, offensichtlich um na besser zu verstehen. Dabei legen sich weiche Brüste aufm Sebber und ein angenehmes Parfüm fährt na nei die Nasen.

Ach, denkt sich der Sebber, so schlecht is des gor net. So kammers noch weng aushalt.

Erschreckt fährt er hoch, wie die Tür aufgerissen wird.

„Mensch Sebber, was is den heut widder los? Du kummst ja gor net ausm Bett.Mir müssen doch heut unnern Marathon lauf. um Zehna is Start.

„Scheiße, ich hab verschlafen, und ah nuch so an Mist geträumt. Gottseidank wars blos a Traum. Ich kumm.."

Schnell springt der Sebber ausm Bett und nein Bad. Wie er rauskummt steht des Frühstück scho bereit. Strenge Sportdiät, so wie die letzten Monate. Vom Frühstückstisch gucken die zwä Sebbers auf die Skyline vo New York.

Mit der U-Bahn gehts dann zumTimes-Square, dem Start und Zielpunkt. Dehnübungen, Lockerungsübungen, dann kummt a scho der Startschuss und die Sebbers renna los. Umringt vo schwarze dürre Athleten gehts durch die Stadt, um den Central-Park rum, durch Harlem, die Bronx und Brooklyn zurück. Die Brooklyn-Bridge nemmen die Sebbers net wahr, sie renna, renna und renna. Es sin blos nuch a bor Kenianer umse rum, dafür immer mehr Kameras und Motorräder.

Am nine-eleven—Memorial is desmal ke Zeit für a Gedenkpause und schnell gehts durch little Italy und China-town dem Broadway hoch. Die Sebbers nicken sich dann aufmunternd zu, gähm Gas und hängen die letzte Afrikaner ab.

Am Times-square wartet eine tobende Menge. Die Sebbers nehmen sich an der Hand und zerreißen gemeinsam die Flatterleine im Ziel…

Die ersten Lichtstrahlen kommen durchs Rollo. Der Sebber bewecht sich vorsichtig und probiert erstmal alle Körperteile, ob sa noch funktionieren. Er is ja nimmer der

Jüngst. Nebendran bewecht sich auch Frau Sebber, mecht die Augen auf und blinzelt den Sebber an.

„Sebber, mir können nuch weng liech bleib. Odder willst du aufsteh?"

„Ja bitte, bevor ich nuch mehr Scheiß träum...."

35. Zu allem bereit

Frau Sebber kummt mitm Hund vom Abendgassi hem. Sebber sitzt mit ahm Glas Rotwein am Tisch.

Frau Sebber: „So, ich geh jetzt zum Duschen, mitm Hund...."

Sebber: „Früher bist mit mir zum Duschen ganga...."

Frau Sebber: „Ja, tät dich ja mitnämm, obber du musst ja morgen net zum Hundefrisör."

Sebber grinst: „Dadran solls net scheiter, morng meld ich mich an...."

36. S e b b e r d e n k t

Immer muss ich mich rechtfertich, immer runzeln alle die Stirn und wollen mich belehr.

Ich mach zu viel Sport. In meim Alter renn ich der Jugend hinterher.

Ich sollert doch lieber nein Wald und die Vögel genieß.. Ich sollert doch entspannter wer.

Wenn ich entspannt in meiner Sauna liech is des ein Frevel an der Umwelt, Energietechnisch auf jeden Fall

Ich sollert mein Minijob, der wu gleichzeitich mei Hobby is, aufgeb. Ich häts doch gor nemmer nötich (finaziell sicher net, obber es tut mir halt gut, ich wär gebraucht…)

Ich trink zu viel Alkohol, um Gottes Willen, und des in meim Alter, wo ich doch so alt wer will.

Ich ess zu viel Fleisch, zu wenich Gemüs. Ich soll gfälligst mei Vorfahren (waren alles Jäger und ke Sammler dabei) ignorier, mein Urtrieb ignorier.

Ich sollert mehr auf die Experten hör, die wu mir jeden Tag in der Zeitung den Sinn des Lebens erklär wollen.

Leut, ich bin 64 Jahre alt. Ich wääs alles. Also könna mich alla Annern am A……, und die Experten scho dreimal….

37. Nicht zu helfen

Froh gelaunt rennt der Sebber, wie so oft, durchng Wald. Die Vögel pfeifen, die Natur blüht und alles um den Sebber rum versprüht a Lebensfreude, dass es a wahre Freude is.

Näh, doch net alles: Hunnert Meter vorm Sebber torkelt Ehner zwischer die Bäum. Wie der Sebber näher kummt, sicht er dass der Kerl unsicher und ganz langsam geht, immer widder mal steh bleibt, nach oben guckt und sich an die Bäum festhält.

„Oh Mann, etzert muss ich ah nuch mein Morgensport unterbrech und dem Kerl helf, hoffentlich ke Mund-zu-Mund-beatmung", denkt sich der Sebber und is gleich bei dem möglicherweise sterbenskranken.

„Ach näh, doch net. Dem is net zu helfen", wird dem Sebber schnell klar, wie er sicht, dass der Kerl a aufgschlagene Bibel vor sich herdräächt.

38. Spaß in der Baugruben

Die Sonn scheint, der Tag fängt perfekt an, klenner Spaziergang mitm Hund, der Frühstückstisch is scho gedeckt.

Gut gelaunt geht der Sebber ausm Haus. Der Hund is ah ganz narrisch und freut sich anscheinend genauso wie der Sebber.

Der Baulärm stört net. Die Firma Löchle hat widder mal die Straß aufgegraben und erneuert irgendwelche Versorgungsleitunga.
Wie der Sebber näher kummt stehn grad drei Arbeiter zam und unterhalten sich lebhaft. Der eh hat sei Handy in der Hend und frecht sei Kollechen grinsend: „Was wollt ihr den hör: Paw Patrol odder Bob der Baumeister?"

Der Bursch is anscheinend nuch besser gelaunt wie der Sebber.

Übermütich geht der Sebber auf die mit gelba Leuchtwesten ausgstatteten Burschen zu.

„Hey, ihr söllt ken Blödsinn mach. Ärbert lieber was. Irgendehner muss ja mei Renten bezahl!"
Um des Scherzhafte zu unterstreichen schickt er gleich an Lacher hintennach.

Die Männer lachen net. Sie gucken den Sebber wortlos an.

„Ihr versteht doch a Spässle, odder?", versucht der Sebber die Situation zu retten.

Die Burschen gucken sich an. Dann wird der Sebber vo kräftiche Händ gepackt und mit ahm ungläubichen: „Was macht ihr denn?", landet er in der Baugruben.

Der Sebber kummt aufm Rücken zum liechen und sei erster Gedanke is, dass er sich jetzt alle Knochen gebrochen hat. Er reecht sich langsam und will schließlich aufsteh, obber da werd scho a ganza Fuhr Sand aufn Sebber gekippt, dass er komplett drunter verschwind.

Der Sebber werd nach unten gedrückt. Wie er verzweifelt nach Luft schnappt kriecht er Sand nei die Goschen und nei die Nasen.

So wollt ich doch net sterb, so jämmerlich, denkt sich der Sebber nuch, bevor bei na langsam die Lichter ausgehn.

Da wird er vo kräftiche Arm gepackt, nach oben gezochen und näber der Baugruben auf die Füß stellt.

Prustend, hustend und sich schüttelnd läuft der Sebber unsicher davo. Ah der Hund is kleinlaut und zieht den Schwanz ei.

Beim Weggehen hört der Sebber nuch, wie na ehner nachschreit: „Du verstehst doch Spaß, odder?!"

39. Sebber mir brauchen dich

„Ach is des Leben schö", denkt sich der Sebber, wie er mitm Hund vom entspannten Morgengassi hemkummt, die Haustür aufmecht und ahm perfekten Tag entgegengeht.

Die Sonn scheint durch die groß Panoramascheiben und der Sebber setzt sich mit ahm wohlriechenden Kaffee zu seim Laptop.

„Ja, des Wetter bleibt heut den ganzen Tag schö. Des wird sicher widder a perfekter Tag. Genauso perfekt wie gestern und vorgestern. Egal ob ich jetzt a ausgedehnte Rennradtour mach, odder mitm Mountainbike odder vielleicht widdermal mit Schuh und Stöck nein Wald geh und die Vögel zuhör. Des Lehm als Rentner is scho arch schö. Und wemmer 45 jahrlang auf die Ärbert ganga is, hat mer sich des ja ah verdient."

Der Sebber lehnt sich entspannt zurück.

„Wenn ich dann hemkumm freu ich mich scho auf mei Brotzeit und a gutes Bier dazu. Des schmeckt nach körperlicher Betätigung im besonders gut. Früher wars nach der Ärbert, etzert halt scho weng früher."

Der Sebber überlecht:

„Was mach ich dann heut Nachmittag? Vielleicht mit meim Spatzl weng in der Sonn spazier geh, odder nein Biergarten hock. Da werd uns scho was eifallen. An so ahm perfekten Tag."

Des Telefon klingelt und der Sebber wird aus seiner Träumereien geweckt.

„Sebber hast du heut Zeit? Mir bräucherten dich. Es sin zwä krank und bei dem Wetter wird der Laden bestimmt voll."

„Ja, freilich kumm ich, wenn ihr mich braucht."

Der Sebber lecht auf, springt vom Tisch auf, geht nein Bad und zieht die Sportklamotten widder aus.

„Scheiß drauf. Dann geh ich halt zu meim Minijob, der wo eigentlich mei Hobby is. Perfekte Tage hab ich genuch hinter und noch genuch vor mir. Und wemmer gebraucht wird, is des ja ah a schönes Gfühl."

40. Der Franke in New York

Nach Eintritt ins Rentenalter is der Sebber schnell zum Weltreisenden worn. Egal ob Würzburg, Bamberg, ja sogar Nämberch, überall war er scho gewässt.
So wars dann a ke Wunner, dass er sich eines Tages aufm Wääch nach Übersee, also genauer gsocht nach New York gemacht hat.

Am Ziel ankomma war schnell klar, dass sei günstiche Unterkunft net am Timesquare, oder im Rockefeller-Center, sondern in ahner recht gottverlassenen Gegend übern Hudson drühm auf der annern Seiten, also in New Jersey gelächen war. Beim erschten Schritt vors Motel ham bloß noch die Stohballen gfählt, die wu da der Wind über die Straß geblasen hät, dann wär alles wie in ahm Uralt-Western gewässt.

Der Empfehlung des Hoteliers mitm Taxi schnell mal für 20 Dollar zum Abendessen zu fahren, hat er ke Folge geleist. Pfäh, mitm Taxi zum Abendessen...., wie dekadent is denn des? Näh, des mecht a Schweinfurter net.
So is ihm nix annersch übrich gebliehm, wie in ahns vo denna zahllosen Fast-Food-Restaurants in der Umgebung zu gehn.

Vo ahm jungen Mädle im rosa Kostüm mit übertrieben freundlichem Gsicht bedient, Bei Scrimbs, Fleisch, Pilze und überhaupt alles im Fett schwimmend serviert, wurd schnell klar, warum alle Anwesenden mit großen Figurproblemen zu kämpfen ham. Um gottes Willen, hat sich der Sebber gedacht, wenn ich mir mei Tochter in so ahner lächerlichen Aufmachung vorstell wie sa sich zum Affen mechd, für bisle Trinkgeld, weil sie süst ke Gehalt kriecht.... fürchterlich. Und des soll der amerikanische Traum sei??

Beim Frühstück zeigt sich erneut a annera Welt, im Stehen gibts im viel zu klenna Frühstücksraum Kaffee aus Pappbechern, Marmelade wird versucht mit Plastikgeschirr auf Toastbrot zu streichen. Der Fertichteich für Waffeln is ungenießbar, alles fürchterlich süß und papperd. Später, als er die dicken Autos im endlos Stau sicht wird ihm klar, dass der Franke, der sei Lehm lang über Erderwärmung und Klimawandel nachdenkt, a drei-liter-Auto fährt, ausschließlich Energiesparlampen verwend, gar net so viel für die Umwelt tu kann, wie der Ami kaputt mecht, wenn er emal den Autoschlüssel umdreht odder emal den Müll nausträcht.

Als der Sebber dann mit dem Bus nach Manhattan nüber fährt, eh Stund für 4 Kilometer, wird ihm bewusst, warum der Amerikaner im Allgemeinen und der New Yorker im Besonderen blos Zeit für Smaltalk und Fastfood hat, weil er nämlich die längste Zeit im Lehm im Stau verbringt. Drum sicht mer ah so viel Fußgänger und Jogger mit Headsets wild gestikulierend durch die Straßen, Parks und Uferpromenaden rennen, weil se süst ke Zeit zum plaudern ham.

Sogar im Restaurant kommt nach dem Essen unaufgefordert die Rechnung und die Bedienung is ganz entsetzt, wemmer den Platz noch für a zwetts Bier in Anspruch nimmt. Obber vielleicht trinkt der New Yorker auch nie a zwetts oder dritts Bier weil es ehfach ke Toiletten, also ke Restrooms gibt in New York. Sogar ganze U-Bahnstationen sin ohne und auch öffentliche Plätze entbehren solcher gänzlich. Immer häuficher stellt sich dem Sebber die überlebensnotwendige Frage: Wo machen eigentlich die Amerikaner?? Muss scho a großes Volk sei, des da ke Restrooms nötich hat. Vielleicht werd bei uns die Existenz solcher Örtlichkeiten ja a bloß überbewertet...

Am Timesqare wird schnell klar, was New York eichentlich ausmecht: Alle sin happy und weltoffen, froh akumma zu sei, am Zentrum der Welt, des Big Apple, Fünf schwarze Mädels, ebenfalls Touristen, sin gut drauf und stellen sich gern mitm Sebber für a Urlaubsfoto in Pose. Dann nuch bisle amerikanisch-fränkischer Smaltalk und der Sebber fühlt sich gleich wie derhem.

Mit der Aussage: „Oh, wen I gewusst hät, that I treff so beautyful Girls, I wood have my Wife derhem gelassen..., sorgt er für großes Gelächter, die erschten Umarmungen und gegenseitigen Fotos folgen.

Überhaupt is der Sebber ja in erschter Linie nach New York kumma um Menschen zu treffen. Was interessieren den gemeinen Franken scho große und noch größere Häuser. Und Menschen gibts in New York genuch. zum Beispiel auch Italienische Restaurant-Betreiber, die wu bei der Essensbestellung ke Wort italienisch verstehn.

Überhaupt sicht der Sebber vieles unter ahm schwarz-weiß Filter. In jedem Geschäft, Restaurant a schwarzer Empfangschef, viele schwarze Chauffeure, die in großen Schlitten vor teueren Geschäften in zweiter Reihe auf ihre weißen Ladies warten.

Dann in Harlem in der Musikkneipe. Der Tisch direkt vor der Bühne von Weißen reserviert. Wieder aufgedonnerte Mädels mit Hollywood-Frisuren zeigen extrem affektierte Mimik im Tischgespräch. Die Nicht-Weißen (mer wääs ja gar nimmer wie mer zu denna sooch dürf) sitzen außenrum, hören Musik, ham Spaß.

Überhaupt sin alle gut drauf in dem Moloch, alle träumen den amerikanischen Traum, wahrscheinlich ihr Leben lang. A

Obdachloser, der sich auf der Straße in eisiger Kält nei sei Decken wickelt, lächelt dem Sebber zu und winkt fröhlich, als wollt er sooch: mach dir ke Sorng, mir gehts gut...

Aber die Frage, wie z.B. die große Anzahl der Männer mit großen Umhängetafeln, die Touris für Bustouren werben wollen, ihr Dasein fristen und finanzieren, bleibt unbeantwortet.
Dabei hät der Sebber da scho a Idee, wie er zum Big Apple kommen tät. A Würschtlersbuden am Timesquare mit drei im Weckla und Schäuferla to go, da wär der Traum vom eichenen Tower schnell zu realisieren.

Mit Genuss stürzt sich der Sebber a ganza Wochen lang nein Gewühl, genießt die Aussicht von der Brooklyn-Bridge bei Nacht, is bedrückt ergriffen am Ground Ciro, den Tränen nahe am John-Lennon-Memorial im Central Park und genießt den Flair der Madison Avenue, aber auch das gefahrlose Schlendern in Harlem, quasi in ahner annern Welt.

Der Sebber is mit Begeisterung New Yorker, obwohl er sei Schweinfurter Lebensweise net ganz aufgäb will. Bis zum letzten Tag weigert er sich auf die Stufe eines zwölfjährigen herabzusinken und sich vo Burger und Hot Dogs zu ernähren. Des gelingt ihm auch prächtig. Bis er sich am letzten Tag gerne Beides gönnt. Um mitred zu könna halt, secht er. Obber was freut er sich grad nach dem Hotdog widder auf derhem.

Insgesamt eine faszinierende Stadt, faszinierend abstoßend. Also New York, aber Schweinfurt natürlich auch.

41. Ich bin unschuldich

Endlich Feierabend, des Bier aufgemacht, aufm Balkon zu Abend gässen. in die Fern geguckt. Die Häuserzeilen gechenüber hat dabei net gstört. Die 25 Balkone, die im Sebber seim Sichtbereich warn, ham na net interessiert.

Gemütlich hat er sich zurückgelehnt, die Stuhllehne bisle schräg gstellt, an Rotwein eigschenkt und sich des Lebens gfreut.

Langsam is es dunkel worn. Die Stern sin rauskumma und vereinzelt warn blinkende Fluuchobjekte am Himmel zu säähn. Auf die andern 25 Balkone war ke Mensch ghöckt. Was machen die alla, hat sich der Sebber jedesmal gedacht. Höcken die vorm Fernseh, gucken RTL-und Probsieben-Scheiße? Der Sebber war mittlerweil im Dunkeln ghockt, hat den Himmel genossen und den Tag noma revü passier lass.

Oh, da läbt ja doch jemand. Schrääch gechenüber is des Rollo naufgezong worn. Die Deckenlampen hat des Zimmer hell erleuchtet. Der Sebber hat seiner Augen net getraut, A jungs Ding, spärlich bekleidet, hat die zwää Flügel der Balkontür aufgemacht. Ja Frischluft is scho angenehm im Schlafgemach, nach so ahm heißen Tag.

Dem Sebber warn Stern und Fluglichter auf ehmal egal, weil gecherüber is mittlerweile richtich die Post abganga. Anscheinend hat sich die junge Fraa unbeobachtet gfühlt, weil se die Dachwohnung drüben ghabt hat. Das die kaum an Meter höher wie dem Sebber seina war, hat sa wohl net bedacht.

Unschuldich hat sa sich die letzten Reste ihrer Unterwäsch entledicht, dem Sebber klenna festa Öpfel präsentiert, sich rumgedreht, den Strick am Hintern nach unten gschoben und in leicht gebückter Haltung sich des letzten Fetzens entledicht.

„Ich glääbs net, sicht die net, dass ich dasitz? Is die etzert so blöd dass die sich unbeobachtet fühlt odder is des a Professionelle? Is es ihr wurscht, dass mer sa so sicht, odder vielleicht sogar Absicht.
Und was mach ich etzert? Sitz da wie a Spanner, kann doch gor nix dazu. Will des doch gor net, ah wenn a schöns Mädla is.
Soll ich jetzt aufsteh und neigeh? Des Feld räum? Des säh ich doch gor net ei.“

Bevor der Sebber weiter überleecht hat is dann doch des Licht drüben ausganga Frieden is eigekehrt.

Nix außer Stern und vereinzelte Blinklichter am Himmel warn zu säähn.

Obber der Sommer war nuch lang net rum. Immer widder mal, in unregelmäßiche Abständ hat sich des Schauspiel wiederholt. Net so, dass der Sebber jetzt jeden Abend drauf gewart hät, obber Fernseh hat er in der Folgezeit nimmer oft geguckt.

Es war wohl ehner vo die letzten warmen Abende, als sichs der Sebber widder mal aufm Balkon bequem gemacht hat. Und tatsächlich, der Sebber war grad mitm Essen fertich, is drüben des Licht anganga. Splitternackert is des Luder desmal nein hell erleuchtete Zimmer kumma, hat die Balkontür aufgerissen, sich umgedreht, gebückt und dem Sebber den nachkerten Hintern gezeicht.

Dem Sebber is vor Schreck des Rotweinglas umgfallen, vom Tisch gerollt und aufm Boden in tausend Splitter zersprunga.

In dem Moment hats an Riesenschlooch an der Wohnungstür getan, des Türblatt is mitsamt dem Rahmen in die Wohnung gfloochen. Stark vermummte Männer, mit Maschinengewehre und Sturmhelme aufm Kopf sin in die Wohnung gstürmt, ham schließlich den Sebber aufm dunkeln Balkon entdeckt, na gepackt, aufm Boden geworfen und Handschellen angeleecht.

„Soo, du Spanner, jetzt is Schluss mit der Vorstellung", hat ehner gsocht, den Sebber auf die Füß gstellt und aus der Wohnung gschoben.

Nach ahner Nacht in der Haftzellen war der Sebber am nächsten Tag reumütig vorm Richter gsässen. Der hat den Sebber kopfschüttelnd bis zur Hauptverhandlung wegsperrt, wächer der Wiederholungsgefahr, hat er gesocht.

In der Verhandlung is dann der Sebber tatsächlich zu ahner kurzen Haftstrafe verurteilt worn. Im Frühjahr war er dann widder auf Bewährung draußen. Obber auf sein Balkon hat er sich nimmer getraut.

42. Schwein gehabt

Nachdenklich sitzt der Sebber vor seine Tageszeitung: „Erster Mensch mit Schweineherz verstorben." is die Überschrift auf Seite 5. Tatsächlich liest der Sebber, dass mittlerweile Schweineherzen bei Menschen eigsetzt wär könna. Mer tät sogar mit Schweinenieren kranke Leut in absehbarer Zeit helf könn.

„Hm", denkt sich der Sebber, also ich möchert des ja net, da käm ich mir scho weng abgewertet vor. Auf der annern Seiten gibts a ganz schö viel blöd Säu da draußen. Alee am Glaskontainer müssen die letzten bor Dooch widder einiche gewässt sei, die wu da eefach ihr Flaschen und Gläser in Plastiktüten vor den Kontainer gstellt ham. Dann nuch die armen Schweine, die wu da die Mülleimer nach Pfandflaschen durchwühlen. Wer wääs, wieviel Leut da draußen rumlaafen und scho Schweinisches in sich tragen."

Vier Wochen später war dann der Sebber tatsächlich mitm Sportverein bei ahner Schweinfurter Schlachtschüssel gsässen. A Genuss is es scho, hat er sich gedacht. Des Bauchflääsch vorneweg, Des magere Kopfleisch danach. Sogar den Rüssel hat er probiert. Blos wie dann Herz und Nieren serviert worn sin, hat der Sebber doch nix angerührt. Mer kann ah mit kleinen Gesten anfangen Menschenleben zu retten, hat er sich gedacht.

43. Sebber muss sterb

„Herr Doktor, ich halts nimmer aus. Ich kann vor Schmerzen nix mehr schlaf. Mei Blutdruck is bei zwäähunnert, mei Puls meist bei hunnertachzich. Ich hab Herzrasen und bin ke Mensch mehr. Des tut vom Bauch übers Herz bis nauf nein Kopf weh. Den ganzen Dooch laaf ich wie im Dilirium rum, vergess alles Wichtiche, kumm meist zu spät odder viel zu früh, streit mit meina besten Freund. Die soochen, sie kenna mich gor nemmer widder. Ich wär ständich abwesend und sie könna gor nemmer mit mir red. Ich wär total unzurechnungsfähich.
Herr Doktor, sagen sie mir doch: Muss ich sterb? Was hab ich denn?“

„Oje, Sebber, des is wirklich die schlimmste Krankheit die es gibt. Da hilft ke Bettruhe und ah ke Medizin. Es is eindeutich: Du bist verliebt. Obber ke Angst, des geht vorbei....“

44. Ich war's net

Fein rausgeputzt sitzt der Sebber mit seiner besten Ehefrau im besten Restaurant der Stadt und feiert seine besten Jahre, nämlich die des junggebliebenen Rentners.

Obwohl's sei klägliches Pensionsgehalt eigentlich net her gibt, hat er sich des teuerste Gericht auf der Speisekarten bestellt. So alle heiliche Zeit kammer des schoma mach, hat er sich gsacht, und was Besonderes und Unfränkisches bestellt.

Wie immer, wenn der Sebber Schwertfisch gässen hat, hat er die tatsächliche Erläuterung der Schwertfischjagd erzählt, die wo er vor unzähligen Jahren in seim Reiseführer gfunna hat.
Nämlich die, dass es ein besonderes Glück is, wenn der Jäger ein Schwertfischpärchen erwischt. Dabei is unbedingt zu beachten, laut Anleitung, dass er zuerst des Weibchen harpuniert, weil dann des Männle treu bis zum letzten Atemzuch neben seiner Holden bleibt und leicht zu erledichen is. Im umgekehrten Fall reißt des Weible sofort aus und is nicht mehr ausfindich zu machen.

Nachdem der Sebber ja net so oft so viel Geld ausgähm hat, hat er die Gschichten a blos alle bor Jahr zum Besten gähm und sei bestes Stück hat dann auch immer so getan, als obsa die Anekdote zum erschten Mal hör tät. Und des obwohl, sa damals auf der Italienreise selber mit dabei war. Ja, der Sebber hat scho Glück ghabt. Vielleicht net bei der Schwertfischjagd, aber auf jeden Fall bei der Ehefrauwahl. Frau Sebber war jedenfalls a ganz a Nette. Vielleicht hat sa sich obber a blos damit abgfunna ghabt, dass alte Leut gern immer die gleichen alten Gschichten erzählen.

Obber genuch damit, jetzt zurück nein Restaurant.

Der Sebber hat mittlerweil des Reden aufkhört und genüsslich abwechselnd zu seim Schwertfisch und seim Salat gelangt.

Grad wie er sich a Salatblatt nein Mund schieb wollt, hats auf eh mal einen kleinen metallischen Ton gähm und a glens Steela is auf sein Teller geland.
Der Sebber hat inneghalten und war wie versteinert da khockt.

„Was is jetzt des?" hat er sich gedacht und vorsichtich mit der Gabel des unbekannte fliegende Objekt betastet.
„Kein Zweifel, des is a Stee. Hm, soll ich jetzt an Aufstand mach, mich beschwer und damit den schönna Abend verderb?"

Der Sebber war obber ke streitsüchticher Kerl, hat des strittiche Objekt net beacht und weiter gässen.

Schließlich hat er des UFO unter die Servietten gschoben und sei Nachspeis bestellt.

Kurz drauf is der Koch zum Sebber an Tisch komma und hat des Ding dem Sebber vor die Nasen khalten.

„Entschuldigen Sie, obber ham Sie da vielleicht was verloren? Des sieht aus wie a Zahn, odder zumindest wie a Implantat, aus Keramik, wie's scheint."

Der Sebber schüttelt selbstsicher mitm Kopf.
„Näh, wo denken Sie denn hin. Ich verlier doch ke Zähn wächer bisle Fisch mit Salat. Des Ding war doch scho im Salat, wie ich mein Teller kriecht hab. Gucken Sie doch

lieber mal, ob in der Küchen noch alle ihre Zähn vollzählich ham. Also mir passiert sowas auf ken Fall."

Der Koch zuckt die Schultern, dreht sich bisle ratlos um und verschwind widder nei die Küchen.

„Also ich gläbs net. Was denkt denn der vo mir? Dass ich vielleicht a alter Depp bin, der wu da sei Körperteile nemmer unter Kontrolle hät?"

„Bist sicher, dass des Drum net vo dir war?" Frau Sebber guckt aweng ungläubich, secht obber dann nix mehr. Mer will ja schließlich den schönna Abend net verderb.

A Wochen später, wie scho Gras über die Sache gewachsen war, is der Sebber dann doch mal zum Zahnarzt, zu einer „Routineuntersuchung mit Zahnsteinentfernung" hat er so nebenbei erwähnt.
Warum des dann vier aufeinanderfolgende Termine worn sin, hat Frau Sebber nie erfahren. Sie hat ah nimmer gfreecht.

45. Versuchung

„Und seid vorsichtig, der Flüchtende ist wegen schweren sexuellen Missbrauchs von Kindern und Vergewaltigung vorbestraft."

Der Sebber hört die Meldung, wie er mit seiner Streifenpartnerin aus der Wohnung geht. A halbe Stund davor waren sie zu einem Familienstreit gerufen worn. Eine weinende Mädchenstimme hatte in der Einsatzzentrale angerufen und gsagt, dass der Papa die Mama schlagen tät.

Beim Eintreffen der Streife unmittelbar darauf hatte sich der Mann bereits entfernt, war aus der Wohnung geflüchtet.

„Er hat wieder getrunken und ist einfach ausgerastet."
Die Frau hat mehrere Platzwunden im Gesicht. Florian und seine Kollegin warten auf das Eintreffen des Rettungsdienstes und setzen die notwendiche Fahndung nach dem Mann ab. Der Sebber beschreibt dabei den Täter für die anderen Streifen mit momentanem Aussehen und Kleidung.

„Er hat gsacht, er bringt mich und die Kinder um, wenn ich die Polizei ruf." Die von dem Mann ausgesprochene Drohung is net auf die leichte Schulter zu nämma.

A halbe Stund später schwinden die Aussichten auf Festnahme des Kerls.
„Der hat sich bestimmt in irgendeine Kneipe verkrochen. Da wird er nimmer rumlaufen. Ich denk, mir gucken mal in die umliegenden Wirtshäuser."

Dem Sebber sei Partnerin stellt den Streifenwagen ab und beide machen sich zu Fuß aufm Wääch.

„Die Meisten ham um die Uhrzeit ja noch zu. Des macht's einfacher.", stellt der Sebber bisle erleichtert fest.

Die erste offene Gaststätte is dann auch fast leer. Außer dem Barmann ist niemand anzutreffen.

Als der Sebber und seine Streifenpartnerin schließlich die nächste Kneipe betreten, geht alles sehr schnell. An Jacke und Baseball-Cap erkennen sie den Täter sofort. Aber auch er sieht die beiden Polizisten, dreht sich um und rennt blitzschnell in Richtung Toiletten und Hinterausgang.

Der Sebber und sei Partnerin stürmen hinterher. Wie sie im Hinterhof ankommen, sehen beide noch die Tür zum gegenüberliegenden 6-stöckigen Wohnhaus nein Schloss fallen. Im Treppenhaus sin die schnellen Tritte des Flüchtenden deutlich zu hören. Er hat etwa eine Etage Vorsprung, sein linker Arm, mit dem er sich am Treppengeländer festhält und hochzieht is immer im Blick der Verfolger.

Oben angekommen knallt der Mann an die verschlossene Tür zum Dachboden und bleibt kurz ratlos stehen. Als dem Sebber sei Streifenpartnerin dazukommt, stürmt er auf sie los und stößt sie zu Boden. Sie hält na am Bein fest, woraufhin er auf sie einschlägt und tritt.

Der Kerl holt mit dem Fuß zu einem Tritt gegen den Kopf aus, wie der Sebber sich im letzten Moment gecher na wirft.

Der Täter wird nach hinten gestoßen, verliert rückwärts des Gleichgewicht und stürzt über das
Geländer. Im Sturz schafft er's, sich etwas seitlich zu drehen und nach dem Handlauf zu greifen.

Als der Sebber, der ebenfalls gestürzt war, widder hochkommt, hängt der Kerl mit zwä Händ am Geländer im sechsten Stock. Sei Bee zappeln wild. Versuche sich hochzuziehen, scheitern jeweils bereits nach wenichen Zentimetern. Offensichtlich is er untrainiert oder auch einfach nur zu schwer. Hilflos baumelt er in 12 Meter Höhe. Schnell wird klar, dass er sich nemmer lang halten kann.

Dem Sebber sei Kollegin regt sich vorsichtig und stöhnt. Der Sebber guckt abwechselnd zu seiner Streifenpartnerin und zu dem Drecksack.....

Da wacht der Sebber schweißgebadet auf, schreckt mit ahm Aufschrei hoch und sitzt benommen im Bett.

Anmerkung: Beitrag zur Lesung der Schweinfurter Autorengruppe SAG im Museum Otto Schäfer, Thema „Verführung"

46. Lebensgefahr

„Hajo, wie war denn des damals, wie du die Lebensrettermedaille kriecht hast, war des net recht gfährlich?"

„Freilich war des saugfährlich Sebber. Des Wasser hat ke 8 Grad ghabt, es war Hochwasser, des Ufer hast gor net richtich gsänn. Dunkel wars und die Äst vo die Bäum warn in die starke Strömung khängt."

„Dass du da nein Wasser bist. Also ich wäs net, ob ich des gemacht hät."

„Ja, der Kerl wollt sich erscht des Leben nämm, dann, wie er im kalten Wasser war, hat er doch Angst vorm Sterm kriecht und um Hilfe gschrien."

„Obber trotzdem? Hast da denn gor ke Angst khabt?"

„Da hasta net nachgedacht. Ich war ja ah Rettungsschwimmer! Also Schuh und Hosen runter und nei ins kalte Wasser."

„Ja, hast den gor net drüber nachgedacht, dass du dich da selber in Lebensgefahr begibst?"

„Näh, an Lebensgefahr hasta da net gedacht. Einfach nei ins kalte Wasser. Erscht wie ich den Kerl erwischt hab und mit aller Kraft gecher die Strömung in Richtung Ufer gschwomma bin, da hab ich gemerkt, wie es mich auslaugt, mir alles abverlangt und mich langsam die Kraft verlässt.

Da war ich scho heilfroh, wie ich mich am rettenden Ufer hochgezochen hab und den Kerl losworn bin, also meiner Kollechen übergähm hab. Was guckst denn so? Hast du mir überhaupt zukhört?"

„Hä? Ach so, ja. Obber bei Lebensgfahr, kalten Wasser springa, auslaugen, Kräfte verlassen, des rettende Ufer erreichen und den Kerl widder loswern, da hab ich grad an die Ehe vom Franz gedacht. Tschuldigung."

47. Schlechten Tag erwischt

Die Sonne scheint, der Sebber lacht. Ihm gehts gut, richtich gut. Ohne Wecker aufgstanden, in Ruhe gefrühstückt, Zeitung gelesen. Des Elend auf der Welt ignoriert. Froh gelaunt is er aufs Fahrrad gstiegen.

Wenich Leut hat er gsänn. Die waren wohl alle auf der Ärbert, in der Schul, oder vielleicht krank im Bett gelächen, möglicherweise sogar scho gstorm.
„Mir kann des net passier. Ich wär hunnert Jahr alt!" Der Sebber war richtich übermütich, die Sonne hat ihm quasi ausm Arsch gschienen. So hats vor einichen Jahren jedenfalls mal a Kollechin zu ihm gsacht.

Paar blaue Wolken am Himmel, windstill, die Vögel ham gezwitschert und dem Sebber sei gute Laune noch verstärkt.

Wie er so dahierollt und über sei perfektes Leben nachdenkt taucht am Straßenrand plötzlich a religiöse Steinskulpur, also auf fränkisch a Matterla auf. Oft wird da jemand dargstellt, wie er an a ahm Kreuz genagelt grad sein letzten Atemzuch aushaucht.

Desmal is ehner auf alla Vier am Boden gekrochen. Sei Kopf war in ahm Dornenkranz gsteckt und auf seim Buckel war a schweres großes Kreuz gelächen. Sei Gsicht war jämmerlich und starr.

Der Sebber hat sich sei gute Laune net vermies lass. Wie er dra vorbeifährt kann er sich a lautes:
„Hey servus, hast an schlechten Dooch erwischt?!" net verkneif.

Der Herrgott sicht's vo ohm, runzelt die Stirn und nimmt drohend sein Donnerkeil nei die Händ.

Dann entspannt sich sei Gsicht widder und er grinst. Er hat den Sebber halt scho gekennt.

48. Selbst ist der Sebber

"Du Drääcksack, ich bring dich um, wenn ich dich erwisch, du feiger Saukerl, eh mal noch, dann mach ich dich platt!"
Der Sebber streckt drohend die Faust zum Himmel und schreit sich den Ärcher aus der Seel. Der Bussard, der dem Sebber widder mal auf seiner fast täglichen Fahrradrunde heimtückisch vo hinten im Sturzfluch angegriffen und tatsächlich an kräftigen Schlach aufm Helm mitgähm hat, fliecht in sicherer Höh davo.

Am nächsten Dooch besucht der Sebber sein Freund und freecht den um Rat.
„Sachermal Manni, der Drecksack kummt jedes Mal, manchmal säh ich na rechtzeitich, und wenn ich dann schrei, bleibt er in 5 Meter Höh über mir. Obber gestern hat er mich widdermal drankriecht. Ich wääs gor net, wo der herkumma is. Sochermal Manni, du als Jächer, kammer da nix mach? Der Sauhund greift doch bestimmt die annern Radfahrer, die wu da vorbeifahren, ah an."

„Näh Sebber, des kannsta vergäss. Die stehen streng unter Schutz. Wenn ich den abschieß tät, täten sa mich eisperr. Wo denkst denn du hie! Der hat wahrscheinlich sei Näst in der Näh und will des verteidich."

„Aha, und wenn interessier nacherd ich und mei Näst derhem? Wenn der Dreckhund mich vom Rad schmeisst, ich sterb tät und mei Näst derhem nimmer verteidich und die Junga nimmer ernähr könnert. Is so a Scheißvogel am End mehr wert als a Mensch? Des ham uns doch widder die Grüna eigebrockt. Soll doch der Sauhund mal zu denna und auf ihra Köpf rumhack. Da möchert ich sa mal hör!"

Dem Sebber sei ganzes Gschrei hat nix genützt. Sei Leserbrief hat kenn interessiert. Ah Schreiben ans Landratsamt und schließlich a Eingabe in den Landtag sin unbeantwortet gebliehm.

Der Sebber hat mittlerweile auf stur kschalten und is vo seiner festen Trainigsstrecke net abgewichen. „Näh", hat er sich gedacht, „wo so ahm Vochel lass ich mir net vorschreib, wu ich zu fahren hab. Ich gäb da net nach."

Vier Wochen später is dem Sebber dann auf seiner Trainigsstrecke a junges Mädle, ah aufm Rennrad, entgecher komma und hat scho vo weiten gewunken.
„Vorsicht, pass auf. Mich hat grad a Vochel angegriffen. Der hat sogar durchng Helm khackt. Ich gläb der spinnt!"

Tatsächlich is dem Mädle zwischer die blonden Haar a Blutspur über die Stirn geloffen.

„Ich kenn den Kerl scho lang. Der war scho öft hinter mir her. Obber so hat er mich nuch net erwischt."
Alla zwa sin abstiegen und der Sebber hat dem Mädle a Taschentuch hiegelangt.
„Ja sochermal, kammer da nix mach, gecher den Fregger?"
„Ach Mädla, was gläbst denn du, wos ich scho alles probiert hab, obber es hat bis jetzt kenn interessiert."
„Na, da bin ich ja mal gspannt, wenn ich des meim Vadder erzähl, ob sich dann ah nix dud. Der sitzt nämlich im Landtag."
„Ächt jetz, dei Vadder is der Landtagsabgeordnete Geier? Na da binni ja mal gspannt."

Zwää Tag später war tatsächlich scho a großer Artikel über den Angriff eines Raubvogels gegen eine junge Radfahrerin in der Zeitung gstanna und wirklich ham sich innerhalb der nächsten Wochen noch 10 weitere Radfahrer gemeld, die wu da scho Opfer eines hinterhältigen Raubvogels waren.

Obber an den Grünen is eben auch ein Herr Landtagsabgeordneter net vorbeigekommen und er hat sich die Zähn ausgebissen. Ein Raubvogel durft in seinem Revier auf keinen Fall belästigt, vertrieben, geschweige denn abgeschossen wer. Da hat die Maus kenn Faden abgebissen.

Obber so a bayerischer Landtagsabgeordneter gibt halt, genau wie der Sebber, ah net so schnell auf, hat sich was Annersch überleecht und sein Freund, den Bürgermeister der zuständigen Gemeinde eingeschalten.

Mehr wäs jetzt net, obs beim Frühschoppen oder beim Feierabendbier war, auf jeden Fall muss Alkohol mit im Spiel gewässt sei, jedenfalls ham die Zwä kurzerhand beschlossen, die Straße zu verleechen, also um des Vogelrevier rumzuleiten.

Die Laster, Bagger und Schieber waren zwä Wochen später scho bereit gstanna, als im letzten Moment ein junger Mann mit Zopf, Spitzbart und runder Nickelbrille aufgetaucht is und sich als Vertreter der unteren, mittleren und oberen Naturschutzbehörde zu erkennen gegeben hat.

Mit Strickpullover, Bauhomwollhose und Sandalen hat er sich mit ausgebreiteten Armen vor die Baumaschinen gstellt: „Halt stop, sofort aufhören. Das geht auf keinen Fall. Die geplante Streckenführung führt viel zu nahe an einer Fledermaushöhle vorbei und die würden in ihrer Ruhe gestört werden. Zudem ist es ein Krötenwanderungsgebiet, also ein Straßenbau da mittendurch ist streng verboten.
Und lassen Sie sich gleich gesagt sein:" Dabei schaute er den Bürgermeister und den Landtagsabgeordneten, die

gerade mit Bauhelm und Spaten vor ihm gstanna waren, drohend an. „Die zweite, von Ihnen angedachte Streckenführung scheidet wegen einer Biberfamilie genauso aus."

Wie der Sebber des erfahren hat, hatter blos mitm Kopf gschüttelt. „A Wunner, dasses bei uns überhaupt nuch Straßen gibt."

Die Wochen drauf hat sich der Sebber mit ahm auffallend langen Rucksack auf sei Radtour begähm. Fast aweng wie a Geigenkasten hat der ausgschaut. Um den Inhalt des Rucksacks hat er a großes Geheimnis gemacht. Eenzich sei Freund Manni hat gewisst, was drin war. Es wurd sogar gemunkelt, dass der den Inhalt des Rucksacks dem Sebber zur Verfügung gstellt hat.

Wurscht, es soll sei wie es will und mooch, auf jeden Fall wurd der Mistkerl, also der Raubvogel, der wo seinem Namen alle Ehre gemacht hatte, nimmehr gsänn und der Sebber hat widder unbelästicht sei Runden gedreht.

49. Einfach mal die Fresse halten

Sebastian stellt sei Weißbierglas nachdenklich auf den Tisch. Gedankenverloren sitzt er im Biergarten und hängt seiner Erinnerungen nach, als der Kies neben ihm knirscht und a Schatten auf na fällt.

„Mensch Sebber, was bin ich froh, dassmer uns widder mal sähn. Bisle Zeit hab ich für dich."

Simon zieht den Stuhl gegenüber vom Sebber zurück, setzt sich, winkt sofort die vorbeigehende Bedienung herbei und bestellt sich ebenfalls ein Bier.

„Sebber, so schön, dass wir uns treffen. Du bist mir doch nimmer bös odder?"

Sebastian guckt seinem Gegenüber erstaunt nein Gesicht und schweigt.

„Sebber, lass dir erklär: Bettina ist bei mir ausgezogen. Da ist nix mehr, was zwischer uns stett. Sie war a blöde Kuh. Hat sich an mich rangeworfen, an mich, dem besten Freund ihres Lebensgefährten. Ich hab sie wirklich net ermuticht. Anfangs hab ich mich sogar gewehrt. Aber das hat die doch net interessiert, vielleicht blos noch schärfer gemacht. Ich konnt doch gar nx dagecher mach. Die hat gleich vo großer Liebe gered."

Sebastians Gedanken schweifen von Simon ab und bleiben kurz bei seiner Ex hängen. Er schweigt.

„Wie du uns dann erwischt und rausgeworfen hast, war sie gleich bei mir vor der Tür gstanna. Aber es hat net lang ghalten. Die war echt net die Richtige, für ken vo uns zwä."

116

Ich bin dir ah gor nemmer bös, dass du mir ehna neikhaut hast. Das passiert schonmal unter Freund. Jetzt ist doch widder alles gut, odder?"

Sebastian nimmt sei Bier nei die Hand, nimmt an großen Schluck, setzt es wieder ab und schweigt.

„Mensch Sebber, jetzt soch doch was. Sei doch netso nachtragend. Ich bin es doch ah net. Komm, mir stoßen mal auf unner Freundschaft an."

Simon hebt sein Glas. Sebastian guckt ausdruckslos, bewegt sich net und schweigt.

„Was ist denn los Sebber? Die Sache mit Bettina ist doch jetzt aus der Welt! Oder trägst du mir immer noch die uralte Geschichte mit unnerm Chef nach?
Dabei hab ich dir doch immer gschworen, dass ich dich niemals schlecht gemacht oder gar verpfiffen hab. Keine Ahnung warum dir der Chef vorgeworfen hat, dass du net loyal wärst und na als karrieregeil bezeichnen tätst.
Vo mir hadder jedenfalls nix erfahren. Obwohl er mich öfter hochgeholt und auskhorcht hat, grad über dich. Aber Ehrensache. Ich hab nix erzählt. Die Sachen, die der dir vorgeworfen hat, muss er von jemand annern erfahren hab."

Sebastian bewecht nachdenklich den Kopf und schweigt.

„Wie, du schüttelst mit dem Kopf und denkst immer noch, dass es Sachen waren, die blos mir zwä gewisst ham? Ne Sebber, ich schwör, ich hab nix erzählt.
Dass ich dann befördert worn bin und die leitende Stellung bekomma hab, kannst du mir doch net vorhalt. Da kann ich doch nix dazu. So is halt des Lähm. A gsunder Konkurrenzkampf derf doch ahner Freundschaft nix ausmach.

Komm Sebber, lass uns den ganzen Scheiß vergäss. Ist doch Schnee von gestern."

Sebastians Mine ist immer noch unbewegt. Schweigend steht er auf, legt 5 Euro auf den Tisch, und geht wortlos.

Beitrag zur Lesung der Schweinfurter Autorengruppe zum Thema „Schweigen"

50. Wer hat Angst vorm schwarzen Mann

„Boah is der schwarz", denkt sich der Sebber, wie er am Roßmarkt a ahm Fußgänger vorbeiläft.

„Obber derf ich des überhaupt denk? Wie denkt sich des denn jetzt korrekt? Boah, is der dunkelweiß..,?

„Wos dürf mer denn überhaupt nuch denk, und geschweige denn sooch? Des Denk- und Redverbot erinnert ja scho an unrühmliche Zeiten."

Der Sebber sitzt kurz drauf im Bus, mecht sichs gemütlich und erinnert sich an ahner Gschichten, die wu ihm seine Ex-Kollegen erzählt ham:

Beim Selbstverteidungstraining wäre angeblich eine nicht mehr ganz junge Kollegin vo ihrem Trainer gfragt worn, wie ihr des Training gefallen hat.

Angeblich hät sie geantwort: „Des is gut. Den Griff hab ich neulich bei ahm Neecher gemacht und es hat gut funktioniert......"

Der Trainer, ehner, der wu im normalen Streifendienst net zu gebrauchen war, der wu ken richtigen Satz hat schreib könn, hat sich an Vorschriften erinnert und is leichenblass worn.

„Des derfst du doch net sooch. Nemm des sofort zurück!"

Sie hat wohl aweng dumm geguckt: „Hä, was meenst denn jetzt?"

Der Musterbeamte hat des stottern agfanga: „Na, des Wort, des derf mer doch nimmer soch."

Weil sie möglicherweis noch dümmer geguckt hat is dem Drottel in Uniform nix annersch übrich gebliehm: „Neger sin doch verboten, also des Wort meen ich."

„Wieso, ich hab doch kenn difamiert. Des war doch efach die Wahrheit. Und da wo ich herkomm, waren die Schwarzen scho immer Neecher. Du kannst mich mal."

Der ohne eigenes Hirn, nur seinen Vorschriften folgende Trainer hat des weitergemeldet. Damit hat des Unglück seinen Lauf genomma.
Der nächste Vorgesetzte hat sich scho auf seinen nächsten, höherbewerteten Posten beworben khabt. Ah Fehler hätte ihm seine ganze Karriere versaut. Also hat er#s auch weitergemeldet.

Und so gings weiter und weiter, immer in die nächste Etage. Die Generation der Chefs, die wo ihre Endstufe erreicht hatten, ihrn gsunden Verstand eigschalten und aufm Tisch geklopft hätten: „Sagt mal. Ihr spinnt doch alle, mitnanner," gsocht hätten, die hats nemmer gähm.
So is gecher die Beamtin a Disziplinarverfahren eröffnet worn, sie is verurteilt, eigsperrt worn und tiefschwarze Leut ham auf se aufgepasst.

O.k. des war jetzt net in Ordnung. Des war zu viel schwarzer Humor. Des war a Witz. Net dass ich da ah nuch in Kalamitäten neikumma tät.

51. Lieber eine Tugend, an der ich einschlafe, als eine Sünde, die mich weckt

Der Sebber wird vo weiche Händ im Nacken gstreichelt.
„Gell Sebber, morng bringst noch die Klee nein Kinnergarten, bevorst zum Büro fährst. Der Gross hat Nachmittach Musikschul. Da fahr ihn na dann hie. Du könnerst auf'm Hemwääch nuch die zwää Pakete bei der Post abgäb." Kurze Pause. „Was soll ich denn ahmds zu essen mach? Auf was hast denn Hunger?"
Der Sebber dreht sich hoffnungsvoll um und gibt seiner Fraa an besonders langen Gutenachtkuss: „.Also ich wissert scho, auf wos ich widder mal gscheid Appetit hät."
Der Sebber setzt sein treuesten Hundeblick auf und fängt an, sei Fraa an ahner ihrer erotischen Zonen, die mer hier net genauer benenn wollen, zu streicheln.
„Ach Sebber, mir schlafen lieber. Morng werds widder a anstrengender Dooch. Ich bin gscheid müd."
Wie um des zu unterstreichen hört der Sebber kurz drauf gleichmäßige Atemzüüch aus sicherer Entferung.

Der Sebber hockt hinter seim Schreibtisch wie die Bürotür aufgeht. Er guckt kurz hoch und erschrickt. Sei Achen ungläubich starr auf des gericht, was da auf hohe Absätz reistolziert und mit verführerischem Augenzwinkern die Tür vo inna absperrt.
Er sicht rote lange Locken, schwarze Augen, großer Ausschnitt im engen roten Klääd, des jeden Moment in Gefahr is, von der üppigen Oberweite gesprengt zu wärn.
Er sicht an Schmollmund und a verführerisches Lächeln, des wu kurz steh bleibt und dann mit wiegenden Hüften aufm Sebber zukommt.
Der Sebber schiebt sich mitm Stuhl rückwärts vom Schreibtisch wäch.

„Du wahnsinns Typ, du Brad Pitt- und Georg Clooney-Mischung. Du machst mich wahnsinnig. Du gehörst jetzt mir, ich vernasche dich, dass dir hören und sehen vergeht."
Sie kniet sich vor ihm hie und greift zu.
„Oh mein Gott. Was für ein wahnsinns Kerl, was für ein toller Mann!"
Sie kommt langsam hoch, streift ihr Kleid nach ohm, setzt sich auf dem bewegungsunfähichem Sebber und drückt sein Kopf tief in ihren Ausschnitt, dass dem armen Kerl die Luft wegbleibt.
Da dabei gerät der Stuhl in Schräglage und fällt mit am lauten Knall nach hinten um. Des Luder kummt dabei auf dem vo Todesangst erfüllten wild strampelnten Sebber zum liechen ….

Mit ahm panisch angsterfüllten „Hilfe" schrickt der Sebber hoch und sitzt aufrecht im Bett.
„Um Gottes-Willen, Sebber! Was is denn? Hast widder geträumt?"
Sei Fraa mecht des Licht an und so langsam merkt der Sebber, dass er tatsächlich derhem in vertrauter Umgebung in Sicherheit is.

„Ach Gott, Sebber. Des muss a fürchterlicher Traum gewässt sei. Du bist ja tropferd nass gschwitzt."
Liebevolle Arm drücken den Sebber an sich. Vertrauter Geruch beruhicht na langsam. Ja, er is derhem, nix is passiert. Alles is gut.

„Ach Sebber, ich hab gestern ah so an fürchterlichen Scheiß geträumt. Ich wääs wie des is. Kumm her, mir kuscheln nuch weng."
Der Sebber guckt ungläubich. Erleichtert lässt er sich rückwärts aufs Kopfkissen fall, lecht den Arm zögernd um sei Fraa.

Dass sei bessere Hälfte ah vo solche Alpträum geblaacht werd hat der Sebber net gewisst.

Es beruhicht na irgendwie. Er mecht die Augen zu und schläft entspannt ein.

52. Was kenner säh will

Was war des für ah Lähm, derhem, endlich als Rentner. Nach 45 Jahr Ärbert und 10 Jahr Schul davor, also insgesamt 55 Jahr Leistungstress, Pflichterfüllung, früh aufsteh und abends rechtzeitich nein Bett.

Voller Freud hat sich der Sebber auf die zu erwartenden gemütlichen 40 Jahr, eigstellt die wu da nuch vor ihm liechen täten.

Weil alles so gut war und Turbulenzen net in Sicht warn, hatter sich ah untrennbar an seine beste Ehefrau gekettet, Familiensparverträge für Funk, Fernsehen und Handys abgeschlossen. Und damit eine Trennung überhaupt gor nemmer in Fraach kommen tät, hat er nuch die Fernsehzeitung fest abboniert und sogar den Spotify-Freundschafts-Familienvertrag XXL abgschlossen.

Nachdem alles so fest und gut geordnet war, hat der Sebber des gemacht, was jeder Rentner, der nuch rüstich und lebensfroh is, mecht. Er is auf Reisen ganga. Dabei is er nimmer wie früher, mitm Rucksack durch die Welt getingelt, näh, mitm dicken Auto nein Burgenland zum Rotwein trinken und entspannen war angsacht.

Des Zelt vo früher hat er gleich ahmal mit am Luxushotel mit extra feinem Wellness, äh, SPA-Bereich getauscht. Des alte Rennrad hat er derhem gelassen und is net wie damals mit Muskelkraft aufm Stilfser Joch nauf geradelt. Näh, mitm neuen E-Bike um den Neusiedler See hat seiner Ansprüch mitlerweil ah genücht. Er hat gor nemmer verstanna, wieso mer sich als junger Mensch was beweis und sich mit annera abgemagerta Kerl mess gemüsst hat.

Zurückleech, Bee hoch, a Gläsla Rotwein in der Händ, war doch viel ehfacher und angenehmer.

Gut, die Luxus-Swiet hät jetzt net unbedingt sei gemüsst, obber ich hab ja ah lang genuch dafür gschafft, hat sich der Sebber gedacht. Amal so nei schmeck, wie sich die Reichen und Schönna fühlen, kann ja ah net schad.

Abends beim nein Bett gehn, is dann die Ernüchterung kumma. Früh, nachm Aufstehn wars ganz schlimm und fast gor nemmer zum aushalten. Da ham doch tatsächlich die Droddel nein Kloh an großen Spiegel gemacht, quasi rundum verspiegelt. Des muss mer sich mal vorstell: Du sitzt also aufm Thron und guckst dich dabei an. Also so direkt, aus kurzer Distanz. Du kannst dir gar net ausweich, überall wo du hieguckst, siehst du dich aufm Kloh sitzen. Ich möchert ma wiss, wer sich bei der morgendlichen Sitzung im Spiegel betracht will, hat sich der Sebber kopfschüttelnd gfreecht und die Aachen zugemacht.

Des will doch wirklich kenner säh, hat er sich gsacht, und der verwelkende Mensch, also der Rentner, scho dreimal net.

53. Nicht ohne meinen Hund

Der Mensch im Allgemeinen und der Rentner im Besonderen ist ein Gewohnheitstier, secht mer net blos so daher. Näh, es is wirklich so. Am Beispiel des Sebbers wird die volle Tragweite dieser Weisheit deutlich:

Zeitich, pünktlich um Siehme, ohne dass es an Wecker gebraucht hät, ham der Sebber und sei Hund des Haus verlassen. Da wars ganz wurscht, ob es gerächent, gstürmt odder gschneit hat, obs Werktag odder Feiertag war.

Immer hat der Sebber an Rucksack aufghabt. Mit leere Flaschen gings erscht zum Kontainer, dann zum Bäcker und mit frischa Brötli widder hemm. Dabei wars ah fürn Hund und für die Bäckereifachverkäuferin selbstverständlich, dass der Vierbeiner kurz an der Dachrinna vorm Bäckerladen angebunden worn is.

So gings eine unbestimmte lange Zeit und des Lähm für den Hund und ah fürn Sebber war in Ordnung. Alles war gut.

Bis zu dem Tag an dem, wie alles auf der Welt, auch des mal zu Ende ging und der treue Gefährte vom Sebber sich in den Hundehimmel verabschiedet hat.

Der Sebber hat erscht gar net gewisst, wie ihm geschieht und wie er jetzt sei Rentnerdasein meister soll. So hat er verzweifelt versucht, sein Tagesrythmus aufrecht zu halten und is allee mit Rucksack pünktlich um Siehme bei Wind und Wetter, bei Sturm und Hagel, losmarschiert.

Den Gedanken, sich einen neuen Wegbegleiter zuzulegen, hat er auf anraten seiner wenigen überlebenden Freunde schnell verworfen. „Sebber machs besser net. Du bist ja nimmer der Jüngst. Was soll der arme Hund dann mach, wenn du vor ihm stirbst? Stell dir vor, der muss dann nein Tierheim, der arm Kerl!", waren die Ratschläge und die waren einfach net von der Hand zu weisen.

Obber allee, ohne Begleiter, jeden Morgen die gleiche Runde? Die Leut ham scho alle komisch geguckt. Angsprochen hat den Sebber kenner mehr. Mer wollt ja schließlich net in irgendwelche Fettnäpfchen trät.

Wie den Sebber der Lebensmut scho verlass wollt und sich die erschten Suizidgedanken eingstellt habe, is ihm schließlich der rettende Gedanke kumma.

Nachdem er zwä Dooch in der Werkstatt rumort, gebohrt und gsäächt hat, wars fertich. Von da an hat der Sebber einen täuschend echt, mit wasserfesten Farben angemalten, hölzernen Schäferhund, auf kleinen, fast nicht zu erkennenden Rollen, hinter sich hergezogen. Des Viech hat so furchterregend mit fletschendem Maul ausgsänn, dass alle an großen Bogen um den Sebber gemacht ham.

Gut vielleicht wars weng übertrieben, dass er sein Freund vorm Bäcker extra fest angebunden hat, bevor er sei Brödli gholt hat, obber dem Sebber sei Welt war widder in Ordnung.

So gings noch viele Jahre. Bis schließlich Beide auf Ehmal vom Erdboden verschwunden waren und sich gen Himmel verabschiedet hatten.

54. Der Schinderhannes

„Hanes Schinder hier am Apparat."

„Ja grüß Gott- Sebber hier. Herr Schinder, ich hät ein großes Anliegen an Sie. Nehmen Sie auch für die fernere Zukunft jetzt scho Aufträäch entgecher?"

„Was für Aufträge denn?"

„Na Herr Schinder. Sinn Sie doch net so bescheiden. Ich hab mich doch ausführlich informiert. Der Schinder bringt doch seit Menschengedenken die kranken und verendeten Viecher aus der Stadt naus. Mecht also die Drecksärbert, die süst kenner mach will. Dafür brauchen Sie sich doch net zu schämen."

„Hä? Vo was reden Sie überhaupt? Gut, ich heiß Schinder. Aber das hat doch mit dem mittelalterlichen Beruf, den Sie da meinen, nix zu tun. Zudem gibts den überhaupt nix mehr."

„Obber Herr Schinder. Ich versteh Sie ja. Der Schinder war ja immer ein geächteter Beruf, drum hat er ah außerhalb der Stadt, drohm in seim Schindturm gewohnt. Obber des is vielleicht bahl annersch. Vielleicht is es ja bald a geachteter Beruf, ahner der wu unverzichtbar und anerkannt is."

„Des interessiert doch mich net. Was erzählen Sie mir des überhaupt?"

„Na gucken Sie mal her, Herr Schinder. Jetzt wu die Leut immer älter, die Körper immer länger am Leben ghalten wern, obber der Verstand sich meistens scho früher verabschieden dud, für die Verwandschaft und des Pflegepersonal a unzumutbare Belastung darstellen. Mir wärns derläben, dass des immer mehr zum Problem wird. Da wird mer sich über kurz oder lang a Lösung eifall lass müss. Sähns Herr Schinder, und da kumma Sie und ihr Berufszweig widder nein Spiel.

Und deswächer ruf ich ja an. Ich will selber bestimm, wenns zu End is und net als Körper ohne Verstand mit Tablettli am Lähm ghalten wer. Ich will einen Vertrag mit Ihnen mach, dass Sie mich am Tag nach meinem Hundertsten Geburtstag, bis dahin bleib ich auf jeden Fall fit, also im Februar 2061, derhem abholen, aus der Stadt nausbringa und mich fachmännisch entsorchen. Dass mir und meiner Nachfahren der Ärcher erspart bleibt. Ich hab den Vertrag scho aufgsetzt. Mir müssen blos nuch unterschreib.
Bezahl du ich natürlich im Voraus."

Anmerkung: Dem Thema aktive Sterbehilfe wird hier versucht sich mit Humor und Ernst zu nähern. Anders kriegts der Sebber net hin.

55. Es reicht

Entsetzt guckt der Sebber sein Laptop an. „Über 30 Prozent für die AfD in Thüringen.... Um Himmelswillen. Jetzt wird die Hitlerparodie und Nachäffer möglicherweise ah nuch Ministerpräsident...
Ihr 30 Prozent, was habt ihr da gemacht?Seid ihr echt so einfach gstrickt, dass ihr dem Faschismus den Weg bereitet, obwohl er holterdiepolter auf lauten Sohlen daherkommt und sei rechtsextreme Gesinnung gar net zu verbergen sucht.
Sacht ihr dann in 20 Jahren, wenns widder nei die Hosen ganga is, a widder, dass ihr vo nix gewisst habt?
Hamm mir den wirklich scho widder alles vergessen und nix draus gelernt? Machen wir die Kloake auf und spülen widder Anstand, Moral , Intelligenz und Freigeist den Bach runter.
Näh, in so ahner Welt will ich nemmer läb...Mit solche Leut will ich nix mehr zu tun hab."

Nachdenklich klappt der Sebber sein Computer zam, schüttelt mitm Kopf, steicht die Treppen nach oben, mecht die Tür auf und geht auf sein Balkon im 3.Stock.

Dabei hört er noch den letzten Satz der Nachrichten: „Und Schalke verliert zuhause gegen Dortmund 0:5...."

„Näh, des is jetzt wirklich zu viel, jetzt reichts."
Mit ahm lauten Aufschrei nimmt der Sebber Anlauf.

Vom Älterwerden:

Früher, wenn's net perfekt war, dann war's net gut.

Jetzt, wenn's gut is, dann is scho alles perfekt....!

Mit dieser großartigen Weisheit verabschiedet sich der Sebber in den wohlverdienten Ruhestand.